AF391693

Bastille et dynamite

Louise Royer

Bastille
et dynamite

David

Catalogage avant publication de Bibliothèque et Archives Canada

Royer, Louise, 1957-, auteur
    Bastille et dynamite / Louise Royer.

(14/18)
Publié en formats imprimé(s) et électronique(s).
ISBN 978-2-89597-444-4. — ISBN 978-2-89597-503-8 (pdf). —
ISBN 978-2-89597-504-5 (epub)

    I. Titre. II. Collection : 14/18

PS8635.O956B37 2015   jC843'.6   C2015-901024-1
                                   C2015-901025-X

Les Éditions David remercient le Conseil des arts du Canada,
le Bureau des arts franco-ontariens du Conseil des arts de l'Ontario,
la Ville d'Ottawa et le gouvernement du Canada par l'entremise
du Fonds du livre du Canada.

Les Éditions David
335-B, rue Cumberland, Ottawa (Ontario) K1N 7J3
Téléphone : 613-830-3336 | Télécopieur : 613-830-2819
info@editionsdavid.com | www.editionsdavid.com

*À mes parents,
qui m'ont légué le plaisir de la lecture.*

CHAPITRE 1

La proposition

Et voilà ! Il va enfin le rencontrer. Claude a peine à y croire. En fait, le dernier mois au centre de recherche a laissé dans son esprit une impression d'émerveillement. Il craint l'aiguille du bon sens qui perforerait son ballon d'espérance.

La porte de l'appartement s'ouvre sur un homme de haute stature, qui les invite à entrer. Claude le détaille attentivement. Sur le coup, il ne reconnaît pas l'homme effrayé capté sur vidéo, à son arrivée dans ce monde. La longue chevelure retenue dans le dos par un ruban a disparu, remplacée par une coupe de cheveux à la mode. L'individu porte un pull vert, dont il a retroussé les manches jusqu'aux coudes et qui moule parfaitement ses larges épaules. Un corps d'athlète et un visage à faire soupirer les dames, voilà ce qu'il voit. Des jeans et des souliers confortables complètent sa tenue, d'une élégance sans prétention. Ses yeux d'un vert lumineux presque transparent brillent de plaisir à la vue du compagnon de Claude, qu'il apostrophe dans la langue de Shakespeare :

— Mike, qu'est ce qui me vaut le plaisir de ta présence à Paris ? Ton message était des plus succincts.

— Ah, laisse-moi d'abord te présenter mon compagnon, un de tes compatriotes, Claude Laurence, professeur de microbiologie à l'Université d'Aix-Marseille et expert dans la lutte contre les pandémies. Nous travaillons ensemble sur un nouveau projet. Claude, je te présente François Maillard. Désolé de vous obliger à parler anglais en ma présence, mais ma maîtrise du français est encore trop imparfaite.

Les deux hommes se serrent la main, puis François invite ses visiteurs à le suivre au salon en leur proposant des rafraîchissements. Aussitôt assis, Mike demande :

— Sophie n'est pas là ? J'aimerais mieux qu'elle entende ce que j'ai à te dire.

— Elle est sortie faire quelques courses de dernière minute. Nous ne t'attendions que vers seize heures.

— Ah oui, désolé. Nous sommes arrivés un peu tôt.

— Il n'y a pas de mal ! Sophie ne devrait pas tarder.

— Et Olivier ? Il est avec elle ?

— Non, il dort. Pardon... Il dormait ! Si vous voulez bien m'excuser, je vais aller le chercher !

François quitte la pièce. Il revient débordant de fierté avec, dans les bras, un poupon de cinq mois qui suce son pouce avec ferveur.

— Monsieur Laurence, voici mon fils Olivier Maillard, né le 8 décembre dernier.

— Wow ! Il a beaucoup grandi depuis la dernière fois que je l'ai vu ! s'exclame Mike, avec un manque total d'originalité mais une sincérité parfaite.

Claude admire l'enfant comme il l'a fait précédemment pour le père. Le bébé ouvre de grands yeux bruns (lui venant sûrement de la mère) dans un visage joufflu encadré d'une fine chevelure blonde et bouclée.

Une commotion à la porte d'entrée annonce aux quatre gentlemen du salon que la dame du foyer vient de rentrer. Après bises et formalités d'usage, tout le monde reprend son siège, un verre (ou l'équivalent) à portée de la main. Claude n'a pas trop de mal à reconnaître la « sorcière » de la vidéo, selon la première exclamation de François après son transfert au 21ᵉ siècle. Jolie brunette de taille moyenne, elle manifeste une jovialité contagieuse et exhibe de longues jambes, sous une jupe beaucoup plus courte que la robe à paniers dont Claude l'a vue affublée auparavant. Elle taquine Mike au sujet de sa nouvelle barbe, qui remplace celle qu'il a dû sacrifier au supplice du rasoir un an auparavant. Sophie n'y fait pas allusion, mais Claude sait que Mike a modifié son apparence, l'an dernier, pour faciliter leur fuite des États-Unis vers la France, lorsque la personne responsable du projet Philo à l'époque menaçait François de l'enfermer à vie et de le traiter comme un cobaye. Depuis, les opérations ont été confiées au Dʳ Mike Simpson, nommé directeur du centre de recherche.

Le flot de balivernes accuse un *decelerando*, quand Mike en vient enfin au but de leur visite :

— Vous devez vous demander pourquoi je suis ici avec Claude.

— J'espère que tu ne crois pas avoir besoin d'excuse pour venir, le gronde doucement Sophie.

— Non, mais il se trouve que ma venue n'est pas complètement dénuée de motifs ultérieurs. Je suis ici pour seconder Claude et en appeler aux services de François.

— À mes services ! De quoi veux-tu parler exactement ?

— De ta profonde connaissance du 18e siècle.

Les yeux de François s'écarquillent légèrement et un mouvement rapide de ses prunelles vers Claude incite Mike à répondre à la question muette :

— Oui, Claude est au courant de ton passé.

Un moment de silence marque ce tournant dans la conversation. Chacun le digère à sa façon. Claude a tôt fait de s'engouffrer dans la brèche :

— Maintenant que ce détail est derrière nous, permettez-moi de vous féliciter pour votre capacité d'adaptation. Jamais je n'aurais pu me douter de votre origine si on ne me l'avait pas révélée au préalable. J'en suis absolument émerveillé. J'ai peine à croire que vous êtes, en fait, le comte François de Besanceau, né en 1747.

François a un petit sourire en coin lorsqu'il dit :

— J'ai moi-même parfois des difficultés à y croire. Mais en quoi puis-je vous être utile ?

— Eh bien ! Voilà. J'ai l'intention d'entrer dans la simulation et j'aimerais que vous m'enseigniez la façon de m'y comporter.

— Vous êtes fou, ma parole. C'est du suicide ! s'exclame Sophie. Avez-vous la moindre idée de la complexité de ce projet et du merdier qu'il représente ?

– Je suis parfaitement au courant des risques. Croyez-moi, j'ai été difficile à convaincre qu'une fenêtre existait sur le passé. Afin de me préparer le mieux possible à y entrer, j'ai besoin d'un cours de survie au 18e siècle, en quelque sorte.

– Pourquoi risquer votre vie ? Vous savez donc que cette simulation peut arrêter de fonctionner à tout moment et que, si vous en faites partie à ce moment-là, votre existence et tout ce que vous êtes disparaîtraient, comme si on effaçait une bande magnétique.

– Je sais. Je sais. Je n'ai pas l'intention d'y demeurer très longtemps. Juste le temps de capturer un oiseau ou, si cela n'est pas possible, de prélever un peu de son sang.

– Vous voulez aller au 18e siècle pour chercher du sang d'oiseau ? s'exclame François, incrédule.

– Pas n'importe quel oiseau ! Je parle de la tourte voyageuse, une espèce décimée à force de chasse excessive et dont l'habitat en Amérique du Nord a été détruit. Son dernier représentant est mort en 1914 au zoo de Cincinnati. Cette variété avait été si populeuse jusqu'au 19e siècle qu'elle était alors considérée comme une peste.

– C'est une noble cause que celle des espèces menacées et, dans ce cas-ci, disparues, mais je ne vois pas comment retirer un oiseau de la simulation va vous aider à rétablir une population.

– Il se trouve que mon expertise réside dans le clonage par extraction de l'ADN. Je travaille à insérer des copies de morceaux d'ADN d'espèces disparues dans des spécimens vivants similaires, pour reproduire les caractéristiques de ces espèces. J'ai étudié pour cela l'ADN et les composantes moléculaires de spécimens empaillés, échantillons lamentablement inférieurs à ceux que je pourrais extraire d'un oiseau vivant.

— Je peux comprendre que votre sujet de recherche vous tienne à cœur, convient Sophie. Je trouve toutefois que vous vous exposez à beaucoup de risques, juste pour recréer un oiseau qui, somme toute, n'est pas si important que cela.

— C'est là où vous vous trompez, s'enflamme Claude. On ne sait jamais quand une chose peut devenir utile. C'est le cas ici. Cette tourte est essentielle à la survie d'une autre espèce.

— Laquelle ?

— L'homo sapiens, déclame Claude, avec un certain sens du théâtre.

— Qu'est-ce que l'humain vient f…

— Avez-vous déjà entendu parler de la grippe aviaire ?

— Un virus présent chez certains poulets asiatiques et transmissible par contact direct aux humains, avec un taux élevé de mortalité.

— Exactement. Cette grippe inquiète beaucoup les autorités médicales mondiales, surtout si une mutation l'amène à devenir aéroportée. Eh bien, il se trouve qu'un autre virus a pris une forme létale après deux mutations. La première le rend extrêmement pathogène, la deuxième lui donne la possibilité de se propager dans l'air et d'être transmis à l'homme. Un cas nous a été rapporté. Trois amis réunis pour quelques jours dans un chalet sur un lac isolé dans le Maine, n'en sont pas revenus. Un garde forestier est allé investiguer. Les trois cadavres et les animaux morts, visibles même de loin, l'ont fait appeler son supérieur. Tous les êtres vivants dans un rayon de cent mètres avaient trépassé, y compris une vingtaine de pigeons. Une fin rapide et probablement douloureuse, une sorte d'hémorragie généralisée.

Claude laisse cette vision se distiller.

— De fil en aiguille, les spécialistes des fuites toxiques et les militaires chargés des armes biochimiques se sont intéressés au dossier. Ils ont découvert qu'un virus présent chez tous les pigeons domestiques avait causé l'hécatombe, mais ne pouvaient ni l'identifier avec certitude ni le contrer. Les banques de données du Pentagone ont mené jusqu'à moi. Nous avons réussi à éviter que la nouvelle s'ébruite dans les médias, mais nous vivons dans la crainte que d'autres mutations surviennent dans une région plus habitée. Dieu sait que les pigeons sont communs dans les villes du globe ! Il est donc impératif de trouver un vaccin le plus vite possible.

— Ne pouvez-vous pas le fabriquer à partir du virus trouvé dans les oiseaux morts ?

— Non, il nous faut une version du virus qui n'a pas tué le spécimen porteur et qui est encore capable de se reproduire, donc qui provient d'un oiseau vivant. Nous n'avons pas trouvé de pigeons vivants porteurs du virus muté. D'après les résultats fragmentaires que j'ai obtenus à partir de spécimens plus ou moins bien conservés, la tourte voyageuse aurait, toutefois, été porteuse du virus dans cette version fatale. Nous devons donc entrer en possession d'une tourte vivante. Comme vous pouvez le constater, il y a en jeu plus qu'un simple désir de restaurer une espèce disparue.

— N'avez-vous pas dit, Claude, que l'habitat de cet oiseau était l'Amérique du Nord ? interroge Sophie, après un moment de réflexion.

— Oui, c'est cela.

– Ne savez-vous donc pas que la simulation donne sur une rue parisienne ?

– Je le sais en effet.

– Vous avez donc l'intention de débarquer à Paris trois siècles en arrière, de traverser l'Atlantique sur une coquille de noix, de capturer une tourte ou deux en Amérique et de rentrer en France de la même façon ? Cela va vous prendre des mois. Déjà, croire que la simulation va continuer à fonctionner sans anicroches est téméraire. Que faites-vous aussi des brigands sur la route, des pirates sur les mers et des maladies sur les bateaux ? À moins, Mike, que tu aies l'intention de désancrer le point d'entrée de la simulation et de le bouger jusqu'en Amérique ?

– Non, Sophie. Ce serait la façon la plus sûre de rendre la simulation instable et de tout perdre. En fait, il n'est pas nécessaire d'aller en Amérique pour chercher cet oiseau. Nos renseignements indiquent qu'un voyageur en aurait ramené deux du Nouveau Monde et les aurait offerts en cadeau au roi Louis XV. Celui-ci les garderait en montre dans la ménagerie royale, à Versailles.

– S'ils appartiennent au roi, vous ne pourrez pas vous en emparer, avertit François. Ce serait du braconnage, un crime rudement puni. Pour ce qui est d'en acheter une, j'imagine très mal quelqu'un vendre au premier venu un cadeau fait au roi.

– Est-ce qu'une telle transaction serait possible si l'acheteur était connu du souverain ?

Sophie se redresse comme piquée par une guêpe. Son mouvement réveille Olivier, qui s'était assoupi à son sein.

		Bastille et dynamite

– Ah non ! Je vous vois venir. Vous n'avez pas l'intention de demander à François de vous accompagner, n'est-ce pas ?

La rougeur qui se répand sur les joues de Mike trahit son intention.

– Euh. Enfin, l'idée nous en était venue, bafouille-t-il.

– Tu n'y penses pas ! Il n'en est pas question ! Comment peux-tu nous faire une telle proposition ? Après tous les efforts de François pour s'adapter à notre siècle ! C'est trop dangereux.

– Je crois que tu surestimes les dangers de la simulation, s'offusque Mike. Elle est plutôt solide, maintenant. Vous en êtes sortis depuis plus d'un an et elle fonctionne toujours, sans le moindre pépin. Nous y avons même plusieurs fois envoyé HECTOR. Tous les voyages se sont faits de nuit et il n'a pas rencontré âme qui vive.

– Tu parles du robot que j'ai remplacé sans le vouloir ? Justement, envoyez donc votre machine au lieu d'y parachuter mon mari !

– Il y a une limite à l'utilité d'un robot. Il serait impossible à HECTOR d'aller à Versailles et d'en ramener un oiseau. C'est pourquoi Claude se porte volontaire. Il n'est pas absolument nécessaire que François l'accompagne. Peut-être suffirait-il qu'il donne à Claude une lettre de recommandation auprès d'un de vos amis au courant du passé de Sophie.

– Les seules personnes mises dans le secret sont Élyse et Nicolas de Charenton, spécifie François. Ils ne sont pas nobles et n'ont pas leurs entrées à Versailles.

– Est-ce qu'on pourrait faire confiance à un de tes amis aristocrates ?

— Possiblement au marquis Olivier de Neval.
Nous avons nommé notre fils en son honneur.
Néanmoins, je me vois mal en train de lui expliquer
dans une simple lettre ce dont il est question. Il n'y
verra que supercherie.

— Ce pourrait être une vidéo.

François s'esclaffe :

— J'aimerais être là quand il verra une vidéo
pour la première fois !

— Justement, nous sommes en train de te le
proposer.

— Ah non ! Ne recommence pas, s'indigne
Sophie.

— Je ne peux pas retourner là-bas, déclare
François, permettant ainsi à Sophie d'exhaler
un soupir de soulagement. J'aurais trop de mal à
expliquer ma disparition de plus d'un an à toutes
les connaissances que je rencontrerais.

— Pas si tu y allais incognito et y rencontrais
Olivier sans que personne d'autre ne te voie. Il te
serait plus facile de le rallier à notre cause si tu le
lui demandais en personne.

François ne refuse pas spontanément et Sophie
s'en inquiète terriblement. Elle l'a cru immunisé
contre les chants des sirènes du 18ᵉ siècle et complètement réconcilié avec l'idée de vivre avec elle
dans les années 2000. Se serait-elle trompée ? Elle
essaie en vain de capter le regard de son mari.

— Quand prévoyez-vous ce petit voyage ?

— Encore une fois, cela dépend de toi, François. La simulation est prête. Il faudra du temps
pour préparer des vêtements et des accessoires
selon tes spécifications, ainsi que pour enseigner
à Claude ce qu'il doit savoir. Je sais que tu peux te
permettre de prendre un repos de tes études, car tu

as été accepté à l'École des Ponts, où le semestre ne commence qu'en septembre.

— Nous sommes invités à passer deux semaines au chalet des parents de Sophie, cet été.

— Cela nous laisse pratiquement quatre mois. Je prévois un séjour de deux à quatre jours dans la simulation, pas plus. Le temps d'aller à Versailles, d'acheter l'oiseau ou d'extraire un peu de son sang et puis de revenir à Paris.

— J'espère que tu ne t'attends pas à une réponse sur-le-champ. Je dois en discuter avec Sophie.

— Pour ce qui est de ce séjour dans la simulation, je peux te donner une réponse immédiate ! C'est n…

— Sophie ! Nous en discuterons en privé. Pour le moment n'en parlons plus. Que diriez-vous d'une promenade dans le parc pour nous ouvrir l'appétit ?

* *

*

— C'est la plus longue scène de bouderie dont j'aie jamais été témoin, remarque François en entrant dans la chambre à coucher où s'est réfugiée sa femme dès que leurs invités se sont retirés. Ce pauvre Mike ne savait plus où se mettre.

— Ça lui apprendra ! répond rageusement Sophie à partir de la salle de bain adjacente où, brosse à la main, elle lutte contre ses boucles.

François soupire en s'assoyant sur le bord du lit.

— Qu'est-il advenu de tes idées d'égalité ? Qu'en est-il de notre entente de prendre nos décisions importantes à deux ? N'est-il pas hypocrite de m'avoir tant exhorté à abandonner mes tendances médiévales et à te permettre de décider pour toi-même ?

Sophie laisse retomber son bras le long de son corps et fixe son reflet, en faisant le point loin derrière l'image. Après un long silence, contrite, elle murmure :

— Je m'excuse. C'est que j'ai tellement peur de te perdre. Je te croyais satisfait de ta nouvelle vie.

— Sophie, appelle doucement François, la main tendue vers elle.

Elle se retrouve bientôt dans ses bras.

— Écoute. Je suis parfaitement satisfait de ma place en ce monde. Je t'assure que je n'ai nullement l'intention de retourner vivre au 18ᵉ siècle en permanence. Ma vie est ici, auprès de toi et de notre fils.

— Pourtant, tu as le goût d'accepter la mission de Mike, n'est-ce pas ?

— Je dois avouer qu'un court séjour m'attire. C'est un peu ma chance de faire mes adieux, de revoir Olivier une dernière fois, puis Nicolas et Élyse. Un peu comme lors d'un deuil, je ressens un besoin thérapeutique de voir le cadavre pour repartir à neuf.

— Oui, mais une fois là-bas, dans ton monde, peut-être ne voudras-tu pas rev...

François dépose le bout de ses doigts sur les lèvres de Sophie.

— Mon amour, je t'en prie. Ne doute pas à ce point de moi !

— Bon. Tu peux très bien vouloir revenir et en être incapable à cause de je ne sais quel problème technique. Cette simulation tient du miracle. Ne surestime pas l'infaillibilité des machines.

— Pas de danger que je mette la technologie sur un piédestal. Mes mésaventures avec mon téléphone mobile m'ont guéri !

— François, je ne plaisante pas. On ne parle pas d'un simple voyage en train. N'es-tu pas effrayé à l'idée d'être dématérialisé et de passer deux jours à l'intérieur de la mémoire d'un ordinateur, en espérant que celui-ci fonctionne et modifie ton cerveau comme si tu avais vécu deux jours en 1770 ?

— Sophie, tu sais très bien, pour avoir passé plus d'un an à l'intérieur de la simulation, que la réalité que l'on expérimente là-dedans est essentiellement pareille à celle que l'on vit maintenant. Les tables sont tout aussi dures, les roses laissent la même senteur dans nos narines. Diable ! Vous avez réussi à me convaincre que je n'ai pas vraiment vécu les vingt premières années de ma vie, mais que mes souvenirs me viennent d'un ordinateur qui a façonné mon corps et mon cerveau selon l'expérience d'un homme du 18e siècle. En ce qui me concerne, l'intérieur de la simulation est tout aussi vrai que ma vie d'aujourd'hui.

— Ne viens quand même pas me dire qu'il n'y a aucun risque à y entrer !

— Non, bien sûr. Toute initiative comporte des risques. Les probabilités d'accident de voiture sont élevées. Cela n'empêche pas pour autant les gens de les utiliser. Il y a aussi des dangers à ne rien faire. Ce virus pourrait faire des ravages. J'ai à cœur que le monde dont je fais maintenant partie survive et que mon fils en profite. Si ma présence auprès de Claude dans la simulation peut faire la différence entre le succès et l'échec de sa mission, je me dois d'y participer. J'avoue qu'après un an à essayer de combler le gouffre bicentenaire de mes connaissances et à me sentir parfois inutile, je suis gratifié qu'on fasse appel à mon expertise inusitée. Ce serait une façon de rendre à l'équipe de recherche un peu de l'aide fournie pour nous établir ici.

— Tu ne dois rien à personne. Le centre se devait de te donner une nouvelle identité et les moyens de survivre et de te recycler.

— N'empêche que ce serait bien d'être payé pour ce que je fais plutôt que pour ce que je suis. La différence entre l'aristocrate et le travailleur quoi ! D'un côté pratique, j'ajouterai qu'avec le bonus que m'offre Mike pour ma participation à cette aventure, nous pourrions nous permettre d'acheter une voiture bien avant Noël.

— Ce ne sont pas des considérations financières qui me feront changer d'idée quant à ta sécurité, s'offusque Sophie.

— J'ai confiance en Mike. S'il croit un tel voyage possible, il doit avoir raison. Il a risqué la cour martiale lorsqu'il nous a aidés à nous enfuir des États-Unis. J'aimerais l'aider en retour. Rapporter cet antidote prouverait une fois pour toutes l'utilité du projet Philo et garantirait à Mike le financement dont il a tant besoin. Nous pouvons facilement libérer deux mois de notre temps, pour la préparation en banlieue de San Francisco et les quelques jours dans la simulation. Nous dirons à tes parents qu'on m'a offert un emploi temporaire.

— Comment verrais-tu cette mission si c'était moi que Mike avait réquisitionnée comme guide, si c'était moi qui partais pour deux jours, si c'était moi qui risquais de disparaître à tout jamais ? Et si la simulation devenait instable ?

Muet d'émotion, François détache ses yeux de ceux de Sophie. Comment justifier son désir de retourner au 18e siècle en prenant un risque qu'il n'accepterait jamais que prenne Sophie ?

— Un jour, reprend-il d'une voix douce, quelques mois avant de venir accidentellement dans ton époque, je t'ai demandé ce que tu ferais advenant la possibilité de retourner dans ton siècle. Tu m'as répondu que tu resterais avec moi. Tu me l'as prouvé lorsque tu es revenue vers moi, après avoir vu le tourbillon de lumière que tu croyais, avec raison, associé à la connexion entre les deux siècles. Laisse-moi maintenant reformuler ma question. Il y a plus d'un an, si quelqu'un était venu te proposer de revenir passer deux jours au 21e siècle pendant lesquels tu pourrais faire tes adieux à tes parents et amis, avant de revenir passer le reste de ta vie à mes côtés dans mon monde, qu'aurais-tu fait ?

Sophie se tait à son tour. Pour toute réponse, elle se serre plus étroitement contre François. Après plusieurs minutes de silence, elle murmure sa capitulation :

— Je suppose que je pourrais écrire une lettre d'adieu à Élyse.

— Que je lui remettrais. Je pourrais aussi laisser mes instructions sur la manière de rémunérer mes fidèles serviteurs. Une espèce de plan de retraite, en quelque sorte. Je reviendrais la conscience tranquille et nous pourrions ensuite nous reposer chez tes parents avant notre retour aux études en septembre.

— Quand tu le décris comme cela, tout semble si simple. Alors, pourquoi ai-je le pressentiment que ce n'est pas ce qui va se passer ?

CHAPITRE 2

Le départ

François analyse son reflet d'un œil critique. Il estime que son teint aurait besoin de beaucoup de poudre s'il se voyait forcé de paraître à la cour. Comme il n'a nullement l'intention de se présenter devant le roi, il est donc futile de s'inquiéter de la couleur de sa peau. En fait, il ne se montrera même pas en public. Il tend la main vers le masque en plastique extra souple posé sur une table adjacente et, avec un peu de difficulté, le glisse par-dessus sa tête. Il aligne soigneusement les fentes pour les yeux, le nez, la bouche et les oreilles. Des sourcils gris broussailleux et une moustache aussi drue dissimulent les transitions avec sa propre peau. La texture ridée ajoute des décennies à ses joues. Le crâne chauve est bientôt couvert de la perruque blanche réglementaire.

Il va ensuite chercher le blouson couleur peau, façonné pour dissimuler sa silhouette d'athlète. Il lui donne plusieurs centimètres en surplus autour du ventre. Une touffe cocasse de poils argentés orne maintenant sa poitrine, pour donner le change. La prothèse rembourrée sert aussi à cacher un peu d'équipement impossible à trouver au 18ᵉ siècle. Il songe, entre autres, à toutes ces piles à la fine pointe de la technologie militaire, qui ne seront connues du grand public que vers 2020. Il s'empresse de tout recouvrir d'une ample chemise blanche, d'un simple jabot, d'une veste et d'une redingote. Il se considère dans le miroir, satisfait de son accoutrement. L'image parfaite du bourgeois voyageur : sobre, pratique, sans artifice. Il surmonte la perruque d'un tricorne qu'il incline de façon à garder son visage dans l'ombre. De plus, ses traits artificiels seront camouflés derrière un double masque pendant le transfert, en cas de témoins à leur arrivée. Il a suggéré les mêmes précautions à Claude.

Dans quelques minutes, il va retourner dans le monde de ses vingt premières années. Ses entrailles accusent des papillonnements qu'il tente de reléguer au néant de l'inconscience, sans y réussir. À quoi comparer ses sentiments et ses impressions ? Y-a-t-il dans l'histoire récente une situation similaire à la sienne ? Celle d'un résistant français sur le point d'être parachuté au-dessus de la France sous l'occupation allemande, peut-être ? Où s'arrête l'analogie ? Très tôt ! L'épidémie à éviter compte très peu dans sa décision. Ses raisons d'accepter cette mission, si irrationnelles, laissent apparaître un simple désir d'aventure et de revoir des amis chers, une toute dernière fois. Est-il cinglé d'accepter de tels risques pour de si piètres justifications ? Malgré ses doutes, il n'a pas l'intention de se désister, si proche du départ. François rejoint la salle de contrôle, où Mike et son équipe en sont aux derniers préparatifs. Sophie interrompt

   Bastille et dynamite

sa conversation avec un technicien pour venir se souder à son mari pour le peu de temps qui reste.

Célibataire endurci, Claude n'a dû avertir que son équipe marseillaise du court voyage qu'il entreprenait dans le cadre de sa collaboration avec Mike. Il a lui aussi troqué ses jeans pour une tenue de bourgeois de 1770. Après s'être assuré pour la énième fois du contenu de leurs mallettes de voyage, il vérifie que la croix qu'il porte au cou est bien dissimulée sous son jabot. Ce pendentif et une de ses bagues possèdent des cavités où s'inséreront des sondes microscopiques lors du transfert. Ces appareils permettront au centre de contrôle de suivre ses mouvements à travers la simulation. Des bijoux similaires sur la personne de François rempliront la même fonction.

— Si vous voulez bien prendre place dans la salle de transfert, nous sommes prêts à procéder, annonce Mike aux deux voyageurs de l'espace-temps.

Après maintes accolades et promesses de se revoir dans deux ou trois jours, tout juste le temps d'un voyage aller-retour Paris-Versailles à cheval, les deux hommes prennent place à l'endroit indiqué et s'enlacent pour occuper le moins de place possible. François lève le pouce et Mike fait de même de l'autre côté de la vitre panoramique séparant la salle de transfert et la salle de contrôle. Le directeur déclenche la procédure de transmutation. Bientôt, un tourbillon d'étincelles vient masquer et dissoudre les silhouettes de François et Claude. Lorsque le dernier crissement s'éteint, une fine couche transparente semble flotter doucement dans l'air pendant quelques instants, tel un échantillon de mousseline délicate caressé par un zéphyr. Elle termine éventuellement sa trajectoire proche du point rouge peint sur le plancher, qui marque le milieu de la salle de transfert.

— Qu'est-ce que c'est que cette pellicule cellophane qui vient de tomber ? remarque Sophie. Mike, les as-tu bel et bien envoyés dans la simulation ?

— J'espère que cela ne vient pas d'où je pense, soliloque le chercheur, en arborant une expression inquiète.

CHAPITRE 3

Le retour du disparu

Lors de son premier voyage à travers le temps, François avait fermé les yeux. En les rouvrant, il avait été ébloui par la lumière si peu naturelle des néons de la salle de transfert. Cette fois, il se force à prendre conscience des moindres sensations qui l'assaillent. L'obscurité qui a remplacé le fourmillement d'étincelles semble indiquer qu'ils n'ont pas encore atteint leur destination. Toutefois, son odorat décèle un changement que ses yeux n'ont pas encore enregistré. Claude murmure à son oreille :

— François ? Sommes-nous arrivés ? Je ne vois rien, mais je sens une forte odeur d'urine. Oh pardon, peut-être as-tu...

Prenant conscience qu'il tient encore Claude dans ses bras, François desserre son étreinte en reculant. Il répond à la moquerie de son compagnon :

— Non, je n'ai pas perdu le contrôle de ma vessie. Tu respires l'odeur d'une ruelle bordée de maisons sans eau courante. Laissons nos yeux s'habituer à l'obscurité. Le ciel semble nuageux. La lune est à peine visible.

— Diable, qu'il fait noir. Tu es sûr que nous sommes à Paris, la Ville-Lumière ?

— Nous allons le vérifier dans un moment. D'abord, nous devons envoyer un message au centre de contrôle pour les rassurer que nous sommes arrivés sains et saufs.

Tous deux savent que Mike et les autres peuvent en tout temps déterminer leurs positions au moyen des sondes dans leurs bijoux. Il a donc été convenu qu'une série de pas rectilignes effectuée par l'un des voyageurs sur une distance de cinq mètres équivaudrait à un trait en alphabet morse et qu'un trajet similaire de deux mètres de long correspondrait à un point. Une suite de ces va-et-vient peut donc être encodée pour envoyer des messages hors de la simulation. Par contre, le centre de contrôle ne peut télégraphier vers eux de la même manière. Pour les joindre, il doit effectuer un autre transfert.

Ils enlèvent d'abord les masques qu'ils rangent dans leurs mallettes de voyage, puis François exécute la marche insolite dans la ruelle, qui se traduira en traits et en points selon la longueur des segments de ses déplacements. Puis, il entraîne Claude vers le boulevard, où le pavé remplace bientôt la terre battue sous leurs semelles. En cherchant un fiacre, ils croisent un couple de miliciens, puis un prêtre et une religieuse. Claude se retient avec difficulté de les dévisager. Il moule son comportement sur celui de François, qui les laisse passer sans réagir. Ils trouvent enfin leur prochain moyen de locomotion. Après avoir informé le cocher de leur destination, ils s'installent derrière lui et se laissent transporter au rythme indolent du cheval rêvant d'écurie et d'avoine.

De crainte que leur accent ne les trahisse, ils évitent d'échanger le moindre mot à portée d'oreilles humaines. Claude en profite pour prendre de longues respirations et ralentir le rythme de son cœur. Jusqu'à présent, tout se déroule comme prévu. Aucun témoin de leur arrivée ne les a confondus avec des apparitions divines. Les petits pistolets à soporifique peuvent donc être rangés. Leur heure d'arrivée (23 h 30) a été choisie assez tard pour qu'ils puissent utiliser le couvert de la nuit, mais assez tôt pour qu'ils surprennent le marquis de Neval à son retour d'une quelconque soirée mondaine. Claude se demande vaguement s'il va souffrir du décalage horaire entre les deux mondes, puis se moque de lui-même en remarquant qu'il risque d'avoir plus de problèmes avec le décalage entre les siècles!

Au fil du trajet, Claude note que la circulation augmente à mesure que les rues s'élargissent. Les maisons prennent également une taille plus imposante. L'opulence du quartier marque un changement par rapport à la décrépitude de leur point d'arrivée dans l'allée de l'Aveugle. Toutes les calèches qu'ils rencontrent portent des fanaux. Les lampadaires se font de plus en plus nombreux. Il s'étonne de tant désirer leur cercle de bataille contre la noirceur, retenant presque son souffle entre chacun. Il ne se serait jamais cru aussi sensible à l'obscurité et raisonne qu'il n'a jamais eu vraiment à lui faire face auparavant. Voilà la conséquence d'une vie passée à proximité d'interrupteurs.

Le fiacre s'arrête enfin et les deux hommes en descendent. François règle leur course. Il leur reste deux pâtés de maisons à franchir avant d'atteindre la demeure du marquis. François a suggéré de ne pas s'arrêter directement devant la maison de peur d'être observés. Il courbe l'échine comme sous le poids des années et s'appuie sur sa canne. Claude s'empare de leurs deux sacs et lui offre le soutien de son épaule. Extérieurement, il semble guider un vieillard, mais en réalité, c'est l'homme âgé qui dirige ses pas.

Après un parcours lent et laborieux qui se termine par l'ascension difficile des quatre marches d'un perron, les deux compagnons se retrouvent devant une imposante porte d'entrée. François prend position le plus loin possible du flambeau qui illumine les lieux pendant que Claude fait le contraire et actionne le lourd heurtoir qui pend au battant de la porte. Il s'apprête à répéter la manœuvre lorsque la porte s'ouvre sur le major-dome du marquis. Le serviteur détaille rapidement les visiteurs puis s'adresse à Claude, qui semble seul disposé à entamer une conversation.

— Que puis-je faire pour vous, Messieurs ?

— Bonsoir, nous aimerions voir le marquis de Neval, s'il vous plaît.

— Monsieur le marquis n'est pas encore rentré.

— Quand l'espérez-vous ?

— Sous peu.

— Bien. Pourrait-il nous être permis de l'attendre ?

— À qui ai-je l'honneur de parler ?

— Je m'appelle Claude Laurence et voici mon père, le Sieur Camille Laurence.

Claude fait un rapide mouvement de la main vers François. Celui-ci fait mine de soulever son chapeau. Claude ramène l'attention du major-dome sur lui en tendant sa carte de visite et en enchaînant :

— J'ai des nouvelles et un colis de la part d'un ami de Monsieur le marquis. J'ai promis de les lui livrer dans les plus brefs délais.

Le serviteur jette un coup d'œil rapide sur la carte, pour y lire une adresse à Lyon. Il hésite encore à laisser entrer les étrangers.

— Si vous me laissez ce colis, je veillerai à ce que Monsieur en prenne connaissance dès qu'il rentrera.

— J'ai promis de le lui remettre en mains propres. Nous avons fait un long voyage pour ce faire. Mon père est très fatigué et souffre de la goutte. Je suis certain qu'il apprécierait un moment de répit, assis dans votre salon, avant que nous poursuivions notre route. Je puis vous assurer que votre maître vous saura gré de nous laisser l'attendre ainsi.

En notant l'équilibre précaire du vieillard, le majordome semble soudainement prendre son parti et s'efface pour les laisser entrer. Suit une performance digne d'un oscar de la part de François. Il prétend avoir de la difficulté à soulever son pied assez haut pour franchir le seuil de la porte. Après maints grognements et une pénible progression vers le salon, il s'affale sur la première chaise.

— Monsieur serait plus à son aise dans un de ces fauteuils, remarque le serviteur en désignant les meubles au centre de la pièce, en face du foyer.

François répond négativement d'un signe vigoureux de la tête et plante sa canne devant lui, dans une posture annonçant pleinement son intention de ne plus bouger d'un pouce.

— Veuillez excuser mon père, dit Claude avec un sourire gêné. La journée a été très longue.

« Et la soirée risque d'être encore plus longue avant de me débarrasser de ces deux bourgeois, ne peut s'empêcher de compléter le majordome pour lui-même. Quel culot d'arriver chez les gens à une heure pareille ! »

Le majordome ne laisse nullement son visage trahir le fond de sa pensée.

— Puis-je vous débarrasser de vos couvre-chefs ?

Ce service accompli, le serviteur ne voit d'autre alternative que de quitter la pièce en refermant la porte derrière lui. Claude veut laisser libre cours à son hilarité, mais François l'arrête, un index sur les lèvres. Puis, d'un moulinet de la main, il lui indique de parler. Claude avance donc, avec un niveau de décibels plus élevé que nécessaire :

— Vous êtes certain, père, que vous ne voulez pas venir vous asseoir dans un de ces fauteuils. Ils ont l'air plus confortables que la chaise toute droite que vous avez choisie... Non ? Soit. En ce qui me concerne, je compte bien m'en servir. Ah ! Quel délice de s'asseoir enfin !

Après quelques minutes, ils entendent les pas du majordome s'éloigner furtivement. Les deux hommes soupirent de soulagement. Ils peuvent se détendre jusqu'à l'arrivée du marquis. Éventuellement et plus tard que les deux hommes ne l'avaient espéré, un bruit de roue sur le pavé inégal se fait entendre. Claude quitte son fauteuil pour aller jeter un coup d'œil par la fenêtre.

— Un carrosse, un cocher, un homme en descend. Il est habillé élégamment. Il se dirige vers la porte d'entrée, rapporte-t-il sommairement à François.

Claude va ensuite se tenir debout devant l'âtre, pour être parfaitement visible lorsque le marquis entrera dans la pièce. Ils entendent le majordome

     Bastille et dynamite

ouvrir la porte à son maître bien avant que celui-ci n'atteigne le haut du perron. François et Claude ne peuvent distinguer un traître mot de la conversation qui s'ensuit, une bonne nouvelle quant à l'insonorisation de la pièce où ils se trouvent. Finalement, le serviteur ouvre la porte du salon, s'efface pour laisser entrer le marquis et referme derrière lui. L'homme de taille moyenne s'avance d'un pas assuré. Claude remarque le manteau bleu satiné délicatement brodé ainsi que la culotte du même tissu. Des bas d'un blanc impeccable moulent le reste des jambes. Les chaussures possèdent une allure féminine en vertu de la hauteur des talons. Le visage poudré repose, tel un joyau dans un écrin, au milieu des fines dentelles d'un jabot élaboré. La perruque blanche de rigueur surplombe l'ensemble. Une main ornée de plusieurs bagues tient sa carte de visite. Le personnage s'arrête en face de lui.

— Monsieur Claude Laurence ?

— Lui-même. Monsieur le marquis de Neval, je présume ?

— Tout juste. Mon majordome me dit que vous avez des nouvelles d'un de mes amis, demande Olivier sans autre préambule. De qui parlons-nous ?

Claude marque une pause pour ménager son effet, avant d'enchaîner :

— Du comte de Besanceau.

— François !? s'écrie le marquis.

Les yeux écarquillés et l'exclamation de surprise ne laissent planer aucun doute. En une seconde, le visage du marquis passe d'un état de politesse contenue à une exubérance pleine d'espoir. De sa main libre, il saisit l'épaule de Claude dans un étau.

– Où est-il ? Est-il vivant ? Dites-moi qu'il est sain et sauf ! Que lui est-il arrivé ? Je suis sans nouvelles depuis plus d'un an. On le croit mort. Et Sophie ? Madame la comtesse ? Sont-ils ensemble ?

Face à ce déluge de questions, Claude ne peut s'empêcher de sourire. Pendant ce temps-là, François se soulève de la chaise que l'ouverture de la porte avait dissimulée au regard du marquis jusqu'à présent et s'avance nonchalamment vers les deux hommes. Claude profite d'une respiration entre deux exclamations de leur hôte pour glisser, en faisant un geste vers François :

– Je suis certain qu'il sera heureux de répondre lui-même à toutes vos questions.

Olivier se retourne rapidement pour voir un homme, un immense sourire aux lèvres et des étincelles espiègles dans les yeux, lui dire tout simplement :

– Bonsoir, Olivier.

*   *
*

– Mike, d'où crois-tu que vient la pellicule ?

– Euh ! Mieux vaut que je fasse quelques analyses avant de te répondre, Sophie. Je ne voudrais pas t'inquiéter inutilement.

– Eh bien, c'est raté, je suis déjà folle d'angoisse. Tu as une idée en tête et je veux savoir ce que c'est.

Mike se résigne à parler quand Dolores, la chercheuse responsable des sondes microscopiques et des coordonnées qu'elles mesurent, l'interrompt :

– Trois traits suivis d'un trait, d'un point et d'un trait. Ils signalent qu'ils sont OK.

— Bon, tu vois, le transfert a réussi, conclut Mike à l'intention de Sophie.

— Cela veut dire qu'ils sont arrivés en un seul morceau, mais ont-ils abouti dans une usine de Saran Wrap ? N'essaie pas de changer de sujet !

Mike soupire profondément.

— Nous avons pris des mesures, depuis ton malheureux voyage dans la simulation, pour qu'aucun des deux volumes téléportés ne soit à l'extérieur du centre de recherche. L'installation de boucliers protecteurs en somme. Tu te rappelles, n'est-ce pas, qu'un transfert réussi est un échange : le contenu de la salle de transfert se retrouve dans l'espace interne et ce qu'il y avait dans l'espace interne à ce moment-là aboutit dans la salle de transfert.

— Si le téléporteur ne peut avoir utilisé que des volumes à l'intérieur du centre de recherche, d'où vient donc cette cellophane ?

— Je ne peux pas en être certain avant l'analyse chimique de cette pellicule, mais j'ai l'impression qu'il s'agit d'une tranche ultra mince de l'enveloppe protectrice de l'espace interne.

— L'enveloppe protectrice ?

— Tu sais que l'espace interne consiste en un volume demi-sphérique de trois mètres de rayon. Une couche d'un matériel transparent forme une frontière entre cet espace et la machinerie lourde, soit les senseurs et les transformateurs d'énergie-matière nécessaires à la reconstruction de tout ce qui entre et sort de l'espace interne selon les instructions du simulateur. Cette couche protectrice mesure environ cinq millimètres d'épaisseur.

— Et tu crois que ce que nous voyons maintenant sur le plancher de la salle de transfert provient de là ? Mais comment ?

— Il se pourrait que les coordonnées du volume à
téléporter hors de l'espace interne, essentiellement
le même que l'espace à l'intérieur de l'enveloppe
transparente, aient été faussées d'un millimètre ou
deux. Une fine couche de l'enveloppe aurait alors
été tranchée pendant le transfert.

— De mauvaises coordonnées ! Je croyais que
tu avais réglé ce problème après le fiasco monumental qui m'a envoyée dans la simulation à
cause, justement, d'une erreur de coordonnées
du volume. Un écart de milliers de kilomètres, la
distance entre la salle de transfert ici, près de San
Francisco, et la ruelle derrière chez moi, à Québec.

— Je le croyais aussi, mais il va me falloir
réexaminer la question.

— Quelles sont les conséquences de diminuer
l'épaisseur de cette couche protectrice ?

— Je pense que la simulation peut fonctionner
normalement, même avec une couche protectrice
inférieure à trois millimètres par endroits. Je
m'inquiète davantage du risque, la prochaine fois,
que cette déviation inexpliquée soit supérieure
à quelques millimètres. Je pense à un débordement d'un mètre, par exemple. Dans ce cas, nous
scierions dans l'équipement derrière l'enveloppe,
ce qui aurait pour effet de totalement perturber la
transition entre l'espace interne et l'univers virtuel, rendant la simulation instable. Elle cesserait
d'opérer immédiatement. En plus, nous aurions
des problèmes de radioactivité et d'incendie résultant du bris de l'équipement derrière l'enveloppe.

— Alors, que se passera-t-il dans quelques jours, quand il sera temps de ramener François et Claude ici ?

— Aucun transfert ne sera autorisé tant et aussi longtemps que nous ne comprendrons pas pourquoi les positions des volumes téléportés ne sont pas demeurées inférieures à quelques micromètres des positions souhaitées.

CHAPITRE 4

L'initiation d'Olivier

Le marquis fronce les sourcils en dévisageant le vieillard qui l'interpelle avec une telle familiarité.

— Pardon Monsieur, mais je ne crois pas vous connaître, s'excuse-t-il avec hauteur.

— Voyons mon ami. Ai-je tant changé en un an que tu ne me reconnais plus ?

François secoue à deux mains sa fausse bedaine.

— Je sais que j'ai pris un peu de poids.

L'expression perplexe d'Olivier s'accentue.

— Votre voix ne m'est pas inconnue, concède-t-il.

— Ma voix, ma voix seulement…Tu ne regardes qu'à fleur de peau. Laisse-moi te rafraîchir la mémoire.

Le comte se départ de sa perruque. Il défait le nœud de son jabot pour libérer l'arrière de son cou, puis il entreprend de déloger le masque élastique. Il y réussit et s'ébroue tel un chien. Il passe rapidement ses doigts à travers son cuir chevelu pour redonner un peu de volume à ses mèches.

— Et voilà. Est-ce que tu me reconnais maintenant ?

Après avoir assisté à cet écorchement en émettant un faible cri horrifié, Olivier murmure quelque chose d'inintelligible avant de se précipiter sur François pour l'envelopper dans une franche accolade. L'autre lui rend son étreinte sans perdre de temps. Après un moment, Olivier repousse son ami à bout de bras pour mieux l'examiner.

— Je n'en reviens pas. Tu es là, vivant, en un seul morceau. Où étais-tu passé, bon sang ?

— Eh bien, c'est une longue…

— Je t'ai cherché partout. Je refusais de te croire mort. Ne pouvais-tu pas envoyer de tes nouvelles ?

— Justement, c'était plutôt dif…

— Il faut fêter cette résurrection ! Laisse-moi commander à Raoul mon meilleur cognac. Je sens que j'en ai besoin pour me remettre de mon émotion.

Olivier a déjà fait un pas vers la porte, lorsque François le retient par un bras.

— Non. Attends. Je ne veux pas qu'il sache que je suis ici. Mon déguisement élaboré est destiné à quiconque pourrait me reconnaître, sauf toi. Je ne suis ici que pour quelques jours. J'aimerais autant qu'on ne sache pas que je suis revenu.

— Pourquoi ? fait Olivier, éberlué.

— C'est une longue histoire. Donne-moi le temps de te l'expliquer.

— J'y compte bien, mais je tiens à ce cognac. J'irai donc le chercher moi-même et par la même occasion, j'enverrai mon serviteur au lit. Ne t'avise pas de disparaître !

Quand Olivier revient avec trois verres et une bouteille, qu'il dépose sur une table basse entre deux longs canapés, François est en train d'enlever son « embonpoint ». Il apparaît donc torse nu devant son ami. Celui-ci remarque la cicatrice de l'attaque au couteau sur son flanc, une confirmation de plus de l'identité de son visiteur.

– Tu as raison de dire que tu as pris du poids. Tu me sembles plus musclé qu'avant. En fait, tu m'apparais en très bonne forme, excellente même, pour un homme que certains croyaient mort.

Après avoir réenfilé sa chemise, François vient s'installer à côté de Claude, dans une des causeuses devant l'âtre. Le marquis s'assoit en face d'eux, tout en débouchant la bouteille.

– J'ai diablement hâte d'entendre comment tu vas expliquer cette disparition subite et mystérieuse, dit Olivier en faisant le service. Je dois t'avouer que j'ai entendu toutes sortes d'explications, de la plus probable à la plus absurde.

– Vraiment ? Lesquelles ? s'enquiert François, en recevant le verre rempli d'un liquide ambré.

– La plus probable, c'était que Sophie et toi aviez été attaqués et que vos meurtriers s'étaient débarrassés de vos cadavres sans laisser de traces. Dans la Seine, par exemple, des pierres attachées à vos pieds. Il y avait aussi la supposition d'un enlèvement pour une rançon. Comme personne n'en a jamais réclamé, cette explication a rapidement perdu de sa popularité. Santé !

Olivier lève son verre, bientôt imité par les visiteurs. Un répit dans la conversation permet de savourer la première gorgée du nectar. Un soupir de satisfaction collectif atteste de l'excellence du cognac.

– L'explication qui remporte la palme de l'originalité est celle de Mademoiselle de Charenton, relance Olivier. Selon elle, Sophie et toi avez été transportés subitement dans le futur. Et pas à n'importe quelle époque! Au 21ᵉ siècle, pour être exact! Que dis-tu de cela?

François échange un regard rapide avec Claude et tarde à répondre. Remarquant la conversation muette entre les deux hommes, Olivier perd de sa jovialité :

– Tu n'as pas l'air très étonné par cette explication.

– Au contraire, je suis surpris qu'Élyse ait rendu publique une telle possibilité.

– Oh, je ne dis pas qu'elle propose cette interprétation à tout venant. En fait, j'ai dû la lui arracher. Lorsque, la journée après votre disparition, je suis allé chez elle pour l'en informer, sa première réaction a été de me demander si vous étiez allés proche de l'allée de l'Aveugle. Intrigué, je l'ai harcelée jusqu'à la menacer de dire aux gendarmes que je sentais qu'elle gardait un secret. C'est là qu'elle m'a servi cette histoire absurde d'un voyage dans le temps. Alors, me diras-tu enfin où tu étais passé?

Après cette entrée en matière peu prometteuse, François se creuse les méninges *in extremis* pour se justifier sans avouer la vérité, mais doit s'y résigner :

– Élyse a bien deviné. Je viens de passer plus d'un an au 21ᵉ siècle.

Olivier laisse échapper une série de jurons et vide son verre d'un coup. Il n'ose plus regarder François.

– Je comprends ton état de choc et ton scepticisme, continue François. J'ai éprouvé les mêmes émotions pendant des mois, après que Sophie m'eut annoncé venir du futur.

Olivier cherche alors le soutien de Claude :

– Je ne vous connais pas, mais vous me donnez l'impression d'être un homme sensé. Que dites-vous de cette idée de voyage dans le temps ?

Claude sourit à son interlocuteur.

– Je suis probablement le pire arbitre que vous puissiez consulter. Voyez-vous, c'est plutôt exister au 18e siècle qui me semble invraisemblable, car je suis né en 1976.

Olivier le dévisage comme s'il venait de lui pousser une corne sur le front et revient à François.

– Peut-être as-tu reçu un coup sur la tête ?

– Non, je n'ai pas perdu la raison quoique mes premiers jours dans les années 2000 m'aient fait douter plus d'une fois de ma santé mentale. Tout y était si différent. J'ai pourtant fini par m'y habituer et m'y tailler une place. Au début, je n'avais qu'un désir : revenir ici. Maintenant, je n'ai plus qu'un souhait : retourner vivre là-bas jusqu'à la fin de mes jours, auprès de Sophie et de mon fils.

– Ton fils ! C'est vrai, j'avais oublié que Sophie était enceinte lors de votre disparition.

– Nous l'avons nommé Olivier, en l'honneur de mon meilleur ami.

Un silence accueille cette déclaration et le visage d'Olivier commence à se détendre.

– Je suis touché par cette marque d'estime. Quand comptes-tu me présenter à mon homonyme ?

– J'ai bien peur de ne jamais pouvoir le faire en personne. Je t'ai donc apporté des images de mon fils et un message de Sophie.

François fourrage dans son sac pour atteindre le faux-fond. Il en sort une tabatière qu'il lance à Claude et un autre objet, qu'Olivier prend pour un miroir foncé. François dépose la plaque luisante devant lui, mais pas de lettre.

— Je reconnais ce sourire. Tu l'affiches chaque fois que tu comptes jouer un tour à quelqu'un. Alors, tu me la donnes, cette missive ?

François part à rire.

— Tu me connais trop bien. Ne t'en fais pas, ce jouet est inoffensif. Prêt ?

— À quoi ?

Pour toute réponse, François active la tablette qui s'illumine d'icônes multicolores. D'une rapide pression du doigt, il a tôt fait de choisir la catégorie vidéo et de dérouler le menu, d'une main experte, vers l'élément intitulé « Pour Olivier ».

— Doux Jésus ! Qu'est-ce que cette magie ?

— Rien de sorcier, seulement un petit bijou de technologie futuriste. Écoute et regarde.

Il faut trois essais avant qu'Olivier n'assimile le message de Sophie, qui lui montre un poupon sur ses genoux. La nouveauté des images animées et des sons en provenance d'un simple miroir l'empêche au départ de reconnaître qui que ce soit.

— Pourquoi Sophie et ton fils ne sont-ils pas revenus avec toi ? En tant que chef de famille, ne pouvais-tu faire valoir ton autorité ?

— Ce n'est pas le genre de décision que je peux prendre unilatéralement. L'avis de Sophie a le même poids que le mien. Nous avons refait notre vie au 21ᵉ siècle et préférons y rester.

— C'est donc bien mieux qu'ici ?

— Oui, pour la plupart des choses. Ne serait-il pas désolant que l'avenir soit pire que le présent ? Quoique... Le futur n'est pas toujours meilleur que le passé...Il y aura des guerres et des révolutions. Nous en parlerons plus tard. Laisse-moi d'abord t'expliquer les raisons de ma présence. J'ai pris un risque énorme en acceptant de revenir. La connexion entre nos deux époques peut se rompre à tout moment.

— Alors, pourquoi as-tu entrepris ce périple ? Par quel miracle te tiens-tu devant moi ? Ton histoire me paraît si invraisemblable que ma pensée s'égare.

— Principalement, je voulais une chance de te dire adieu, mais la raison officielle de ce voyage est d'aider Claude dans sa mission. Nous sommes ici pour acquérir une tourte voyageuse.

— Une quoi ?

— Une tourte voyageuse. Il s'agit d'un oiseau commun dans les colonies anglaises d'Amérique et dont deux spécimens sont gardés à la ménagerie royale de Versailles.

— Qu'a cet oiseau de si extraordinaire pour que vous veniez d'un autre âge pour le chercher ?

— La dernière tourte est morte au début du 20e siècle, explique Claude, estimant que la conversation dérive enfin vers le sujet qui lui tient à cœur. Résultat d'une chasse excessive. La population humaine en 2012 est estimée à environ 7 milliards d'individus, soit huit fois plus que celle de 1770. L'homme empiète de plus en plus sur les habitats d'autres créatures, mettant en danger leur survie. Lorsqu'une espèce meurt, avec elle disparaît le matériel génétique et immunitaire à partir duquel les scientifiques créent certains remèdes. Nous croyons justement que cette tourte possède quelque chose dans son sang qui nous permettrait de fabriquer un vaccin contre un virus mortel, qui risque d'infecter une large portion de l'humanité.

– Un instant. Il y a plusieurs mots que je ne comprends pas. Matériel génétique ? Virus ? Vaccin ? Infecter l'humanité ? Quel charabia !

Claude hésite. Il se demande comment aborder la question sans déclencher la croissance exponentielle de mots nouveaux.

– Peu importe, le devance François. Sache seulement que cet oiseau est la clé d'un remède contre une nouvelle maladie.

– Et comment comptez-vous acquérir ce volatile ?

– Justement, c'est là où j'espère obtenir ta collaboration. Mon masque a pu te berner quelques minutes, mais vu de près, surtout en plein jour, il risque de ne pas bien camoufler mon identité. Alors, tu comprendras que je ne puisse sortir, de peur qu'on s'aperçoive de la supercherie. J'aimerais donc, si tu le veux bien, que tu accompagnes Claude à la ménagerie royale, pour repérer les lieux et vérifier que les tourtes y sont bel et bien gardées. Ensuite, je me demande si tu saurais le mettre en contact avec le concierge. C'est lui, j'imagine, le mieux placé pour discuter de l'achat et de la vente des propriétés royales sous sa responsabilité. J'ose croire qu'il ne faudra pas en appeler à Philippe de Noailles, le gouverneur de Versailles, pour l'achat d'une simple tourte.

– Une telle transaction peut prendre des mois.

– Oui, je sais. Claude envisage de revenir plus tard chercher le spécimen, si la vente se concrétise. Pour le moment, nous devrons nous contenter d'un peu de son sang. Je ne te demande rien d'illégal.

– Non, mais tu sembles avoir oublié à combien de courbettes l'on doit se résoudre pour tirer des

 Bastille et dynamite

gens la moindre faveur. Tu peux cependant compter sur moi. L'aventure promet d'être divertissante.

– En parlant de divertissements, pourquoi ne pas visualiser l'enregistrement de ta réaction à la vue de la tablette ? Claude, est-ce que tu peux me passer la caméra ?

Claude lui tend la petite boîte métallique déguisée en tabatière, qu'il a réussi à pointer approximativement vers Olivier pendant la dernière demi-heure. Le marquis regarde avec appréhension cette nouvelle invention.

François presse quelques boutons et fait défiler la vidéo devant les yeux incrédules de son ami. Par quel mystérieux subterfuge l'image de lui-même, qu'Olivier n'a vue que reflétée dans la glace de ses appartements, apparaît-elle aussi clairement sur la surface de cet objet ? Renonçant à résoudre l'énigme et surtout content d'avoir retrouvé François, le marquis regarde rire ses visiteurs. Il monte se reposer, après les avoir installés pour la nuit, ou ce qu'il en reste.

CHAPITRE 5

La ménagerie

Assis confortablement dans le boudoir privé d'une auberge de Fontenay, à proximité de Versailles, François vient d'écouter le compte rendu de la visite du microbiologiste et de son accompagnateur à la ménagerie.

— Nous devons donc passer au plan B, conclut-il.

— J'en ai bien peur, acquiesce Claude.

— Vous ne m'en avez pas parlé. De quoi s'agit-il ?

— Je ne t'en ai rien dit, Olivier, parce que tu n'y figures pas. Je ne veux pas te faire courir le moindre risque.

— Morbleu ! Tu ne vas pas me garder à l'écart. Comment oses-tu croire que je te laisserais tomber maintenant ?

— Je suis d'accord, intervient Claude. À ta place François, je ne serais pas si pressé de donner congé au marquis de Neval. Son aide pourrait encore nous être précieuse, d'autant plus qu'il a été invité à retourner au château ce soir.

— Oui, je suis le seul d'entre nous qui puisse se balader dans les jardins une fois la nuit tombée, sans être importuné. Je pourrais même aller récolter ton sang d'oiseau. La ménagerie doit être plus tranquille après minuit. Est-ce là l'essence de ton plan, François ?

*   *
*

Le plan A, quant à lui, a été mis en branle à l'aube, ce même jour. Il consistait à aller à Versailles pour négocier l'achat d'une tourte auprès de Monsieur de la Roche ou de profiter d'un moment d'inattention des gardiens de la ménagerie pour extraire, en plein jour, un peu de sang de l'oiseau. Leur départ a tiré du lit le minimum de serviteurs : le cocher, le majordome et la cuisinière, dont François et ses amis ont dévoré en chemin le panier de victuailles. Raoul, le majordome, a bien observé que la santé du vieil homme semblait s'être détériorée, car une toux et des éternuements l'obligeaient à tenir constamment un large mouchoir devant son nez. Les rideaux du véhicule ont été soigneusement tirés pour ne pas incommoder le père de Monsieur Laurence, qu'aurait gêné le soleil resplendissant. Si Émile, le cocher, s'est demandé pourquoi son maître a choisi de faire un détour jusqu'à Fontenay plutôt que d'opter pour une auberge dans la ville de Versailles, il ne l'a pas fait paraître. Ils y ont laissé l'aïeul, que la randonnée a semblé épuiser. Émile a cru comprendre qu'il y garderait la chambre en attendant les deux autres.

Après un changement de chevaux, ils sont repartis et sont entrés dans le petit parc de Versailles par la porte de Saint-Cyr, flanquée d'un poste de gardes. Cela n'a pas porté à conséquence, la circulation n'étant pas contrôlée pendant la

 Bastille et dynamite

journée et l'accès aux jardins demeurant libre. Le marquis et son invité ont donné au cocher la permission de continuer jusqu'au château, pour s'humecter le gosier et se caler l'estomac dans les cuisines du palais, après avoir déposé ses passagers à proximité de la ménagerie.

Claude et Olivier ont donc marché jusqu'au bâtiment principal, de forme octogonale. Au premier étage, un balcon longeait presque tout le mur extérieur et offrait une vue en plongée sur une cour pavée, ceinturée de grilles permettant d'observer les animaux gardés dans des enclos assez vastes, disposés en éventail autour de l'édifice. Au fond de chaque espace clôturé se trouvait un abri où les bêtes pouvaient se réfugier par mauvais temps. Claude n'a pu s'empêcher de voir combien les lieux étaient à l'abandon, certains espaces convertis en potagers, d'autres laissés en jachère. La ménagerie avait perdu beaucoup de son lustre par rapport à son apogée du temps de Louis XIV, où elle servait à épater les visiteurs et à étaler la puissance royale. Cet ancien joyau souffrait maintenant d'un manque de fonds, dont s'est plaint longuement le gardien, un certain Bourdelet, qui ne les a pas quittés d'une semelle, heureux d'une audience aussi captivée par ses propos. Âgé de 75 ans, il connaissait les moindres recoins, ayant vécu toute sa vie autour de la ménagerie. Maintenant qu'il était presque aveugle, on lui avait adjoint un surnuméraire pour l'aider dans sa tâche. Il se vantait, par contre, que son ouïe n'en était devenue que plus aiguisée.

— Nous attendons sous peu un rhinocéros, a-t-il annoncé avec un niveau certain de fébrilité. Il est arrivé au port de Lorient le mois passé. Il faut lui construire une voiture spéciale. C'est un animal gigantesque, doté d'une seule corne, de peau très épaisse et...

– Oui, je sais, j'en ai déjà vu, a interrompu Claude imprudemment, pour s'éviter une longue description. Euh... seulement en images, a-t-il corrigé, de peur de se trahir en faisant état de ses voyages en Inde et en Afrique.

– Ah ? Des illustrations de Clara, je serais prêt à le parier.

– Un célèbre peintre animalier, je présume ?

Le gardien s'est mis à rire.

– Non, d'où me sortez-vous cela ? Clara, c'est un rhinocéros femelle, qui a fait des tournées en Europe. Oh, il y a bien une vingtaine d'années maintenant. Elle a même passé cinq mois ici, à la ménagerie. Je m'en souviens parfaitement. On voit bien, Monsieur, que vous vivez en province !

Anxieux de tirer son compagnon d'embarras, Olivier s'est interposé, en balayant de la main le panorama devant lui.

– Très intéressant, l'ami. Dites-moi, sont-ce là tous les oiseaux que vous possédez ? La plupart d'entre eux ne me paraissent pas très exotiques.

– Ah, vous voulez parler de tous ces dindons. Le concierge, Monsieur de La Roche, en tire un menu profit, hélas bien insuffisant pour entretenir la ménagerie.

– Le roi est au courant de vos déboires ?

– Notre roi ne vient jamais par ici et à ma connaissance, il ne s'informe pas souvent de notre sort. Pour en revenir à notre collection d'oiseaux, nous en avons de beaux, en montre dans ce bâtiment, là derrière. On garde dans une cage énorme ceux qui pourraient s'envoler.

     Bastille et dynamite

– On peut les voir ?

– Mais bien sûr, Monsieur le marquis. Vous pouvez même entrer dans la cage, mais je ne vous le conseille pas. C'est plutôt sale là-dedans.

La volière épousait la forme d'un rectangle, dont le côté long s'étendait parallèlement au mur d'enclos le plus éloigné. Dix baies vitrées offraient une vue grillagée sur l'intérieur. Deux pavillons carrés flanquaient le long édifice à chaque bout. Claude nota soigneusement dans son esprit que la partie centrale, surmontée d'un dôme, comportait des portes d'accès, une côté cour, une côté muraille. Il s'est retenu d'attirer l'attention du gardien sur les deux tourtes, qu'il a reconnues immédiatement au milieu des pigeons domestiques et des oiseaux plus rares. Pour bien fixer les lieux dans sa mémoire, il s'est planté longuement devant la grille d'une des baies en reniflant ostensiblement, par petites pincées, le contenu de sa tabatière.

Enchaînant sur une nouvelle remarque au sujet du sous-financement, Olivier a demandé s'il était possible de faire l'achat de certains spécimens, pour renflouer le budget d'entretien. Bourdelet s'est avoué ignorant de dispositions de ce genre, mais leur a conseillé de s'entretenir avec Monsieur de la Roche. Toutefois, ce dernier ne reviendrait de province que dans une semaine.

Quoique peu visitée, la ménagerie a paru aux deux éclaireurs fourmiller d'activités. Outre le concierge, y vivaient huit soigneurs, un inspecteur, un suisse, le garde-chasse et son surnuméraire, avec leurs familles. Comme la volière entrait en tout temps dans le champ de vision de l'un ou l'autre d'entre eux, ils ont jugé impossible d'extraire du sang de tourte sans se faire remarquer.

Claude a donc suggéré à Olivier de lui faire voir le reste du petit parc, question d'en recenser tous les points d'accès en vue d'un retour éventuel. Ils sont ensuite retournés à Fontenay pour avouer à François l'échec de leur mission.

* *
*

François hésite. Connaissant son ami, il a peu d'espoir que la description des dangers inhérents au plan B ébranle la résolution du marquis. Il n'en tente pas moins de le dissuader d'y participer :

— Oui, tu as à peu près deviné, sauf que c'est Claude et moi qui irons chercher le sang d'oiseau. Pas toi.

— Je ne vois pas pourquoi je ne peux pas le faire à votre place, insiste Olivier.

— Parce que la prise de sang est une opération délicate, que ni toi ni moi ne saurions faire.

— Reprenons depuis le début. Comment comptez-vous entrer dans le petit parc ? Il est complètement muré et toutes les portes en sont gardées.

— Justement non, soutient Claude, en allumant la tablette pour montrer une carte. Voyez vous-mêmes. Cette porte-ci n'a pas de poste de garde à proximité. À l'est de la ferme de Gallie, elle n'est cependant pas la plus proche de la ménagerie. J'ai calculé une distance de deux kilomètres.

— Moi, je dirais au moins une demi-lieue, entre cette ferme en dehors du petit parc et la ménagerie, corrige Olivier pour son propre bénéfice. Elle n'a peut-être pas de poste de garde, mais il y a des patrouilles qui passent devant régulièrement. Elle est maintenue fermée de l'intérieur par une lourde barre de métal, accessible uniquement depuis le petit parc. On ne la laisse jamais ouverte, même le jour. Il faudra donc une personne déjà sur place pour s'en occuper. Ce ne peut être que moi. Je n'ai qu'à accepter l'invitation du baron d'Holbach, que nous avons rencontré dans les jardins. Il m'a proposé de me joindre à son groupe d'amis ce soir, pour assister à une représentation de *Persée*, l'œuvre de Lully. Tu sais que l'opéra royal a finalement été inauguré en mai dernier, lors du mariage du dauphin et de l'archiduchesse d'Autriche, Marie-Antoinette.

— Oui, je sais. J'y ai vu une représentation d'*Armide* dernièrement, l'informe François. Lully attire encore les mélomanes.

— Vraiment ? Il n'est pas tombé dans l'oubli ? Moi, je le trouve tellement démodé. Très Louis XIV. Mais laissons cela. Bref, je peux accepter l'invitation du baron qui n'est adressée qu'à moi. Déjà dans le petit parc, je pourrai m'esquiver après la représentation pour aller vous ouvrir la porte est. En passant, je ne sais pas comment je vais m'y rendre dans l'obscurité. Une fois rendu, je ne sais pas davantage comment je vais t'avertir que je suis proche et qu'il n'y pas de patrouille de mon côté du mur. Ne t'attends pas à ce que je te signale ma présence en imitant un oiseau. Je suis nul à ce genre d'exercice.

Pour toute réponse, François va chercher son sac.

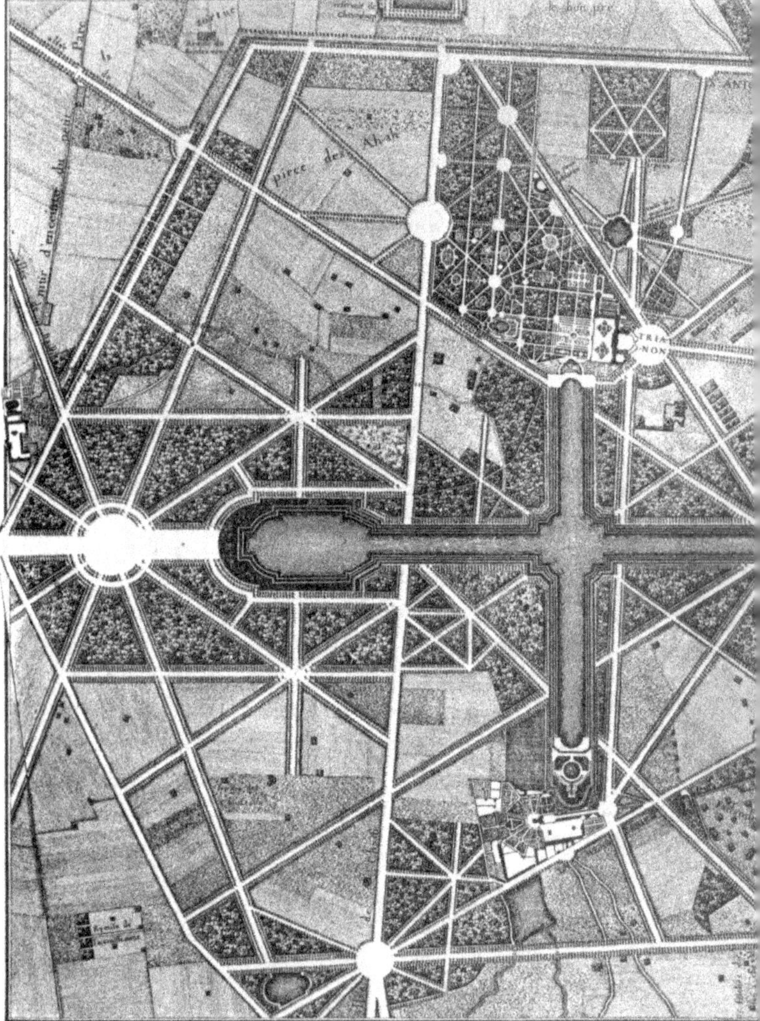

Piece des Khak
TRIA NON

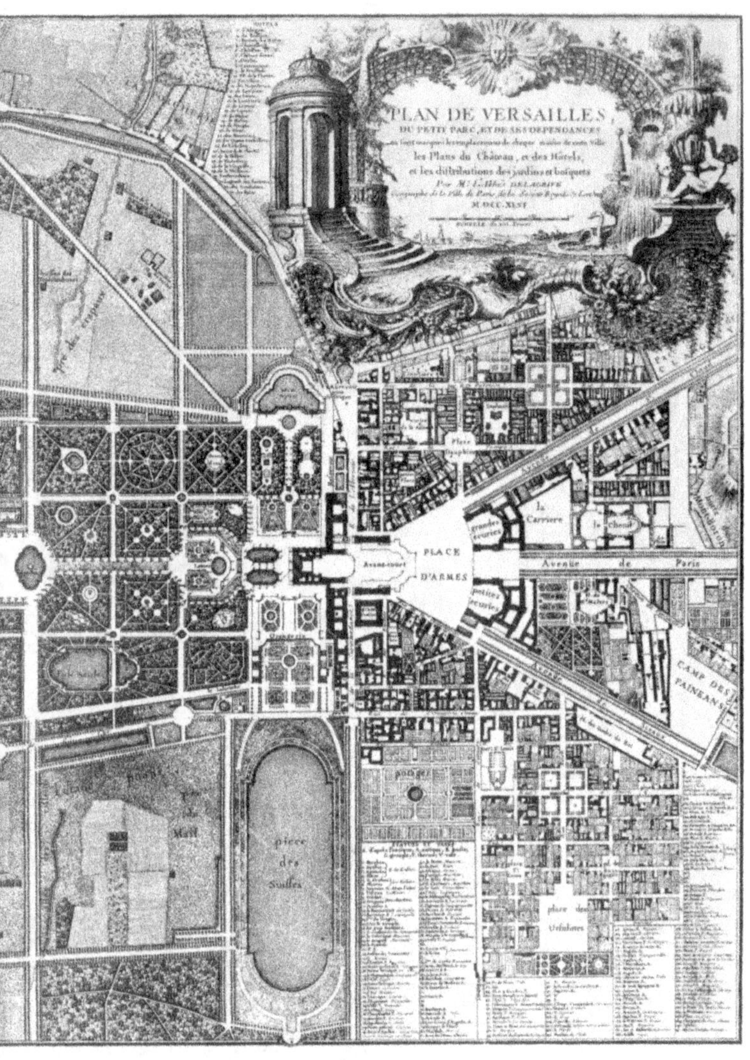

« *Plan de Versailles, du petit parc, et de ses dépendances où sont marqués les emplacemens de chaque maison de cette ville, les plans du Château, et des hôtels, et les distributions des jardins et bosquets* » par Mʳ l'abbé Delagrive (1689-1757), 1746.
Source : Wikimedia Commons

CHAPITRE 6

La prise de sang

— Vous êtes certain que vous ne voulez pas vous joindre à nous pour quelques parties de cartes ? réitère le baron d'Holbach.

— Non merci, refuse le marquis de Neval. Je ne puis me concentrer, ce soir. Je perdrais de façon désastreuse. Merci une fois de plus de m'avoir invité à cet opéra. C'était vraiment un spectacle mémorable.

— J'espère avoir le plaisir de votre compagnie à une de mes petites soirées en ville.

— J'en serais charmé. D'autant plus que les conversations ont la réputation d'y être des plus stimulantes. J'aimerais bien y rencontrer, une fois de plus, Messieurs Diderot et d'Alembert, les fameux encyclopédistes qui comptent, je crois, parmi les habitués de votre salon.

— J'ai le privilège en effet de jouir de leur amitié. Avez-vous déjà commandé votre carrosse ? Sinon, je pourrais le faire avancer par votre cocher.

— Non, pas encore. Je crois que je vais aller me dégourdir les jambes dans les jardins. C'est une si belle nuit. « Il eût mieux valu qu'il pleuve et que chacun se terre à l'intérieur, mais j'eusse difficilement justifié de marcher dans le noir, sous une averse », se dit Olivier.

— Eh bien, je vous laisse à votre promenade au clair de lune. À bientôt.

Le marquis se force à déambuler nonchalamment dans les parterres, au cas où il serait observé à partir des fenêtres de la grande galerie[1]. Après ce qui lui paraît une éternité, il atteint le bassin d'Apollon puis s'engage dans une allée boisée, qui mène vers l'extrémité du bras nord du grand canal. Dès que le couvert des arbres le dissimule, il récupère sous sa chemise le petit écouteur qu'il insère dans son oreille. Il allume le microphone caché dans son jabot.

— François, est-ce que tu m'entends ? chuchote-t-il.

— Pas encore très bien. La réception va s'améliorer au fur et à mesure que tu t'approcheras de moi.

— C'est absolument extraordinaire. Dire que je peux te parler même si tu te trouves à près d'une demi-lieue d'ici.

— As-tu essayé les lunettes de vision de nuit ?

— Non pas encore. La lune éclaire assez bien. Et puis, il y a encore trop de gardes. Ah !… Parlant d'eux.

Un silence suit. À un niveau de décibels plus élevé, François entend :

— Non, Messieurs, je ne suis pas perdu. Je me promène, tout simplement. Bonne nuit.

---

1. Connue aujourd'hui sous le nom de « galerie des glaces ».

Pendant vingt minutes, seul le rythme de la respiration d'Olivier indique sa présence au microphone.

— Bon, je suis finalement sorti des jardins du grand Trianon et des champs qui l'entourent. Je n'ai pas vu de gardes depuis une dizaine de minutes. Je vais essayer les lunettes de vision de nuit. Morbleu ! C'est extraordinaire, presque comme en plein jour ! Fichtre, voici un autre garde !

— N'oublie pas d'enlever les lunettes !

Un grognement d'impatience accueille la mise en garde.

Un autre « qui-va-là », une autre explication, un autre « bonne-nuit ». Finalement, certain que personne ne l'a vu emprunter la route qui y mène, Olivier rejoint l'endroit appelé Porte de Maintenon au 21ᵉ siècle.

— Vous autres, où êtes-vous ? s'informe-t-il.

— À cent pas, derrière un des arbres qui longent cette allée. C'est plutôt tranquille ici, mais il y a beaucoup d'activités à la ferme de Gallie, que nous pouvons observer d'ici. De notre position, nous avons une bonne vue des alentours, ce qui ne sera pas le cas si nous approchons davantage de la porte. L'angle que fait la muraille avec elle va couper notre champ de vision. Dépêche-toi d'ouvrir, puis nous viendrons te rejoindre.

*　*

*

— Où en es-tu avec tes tests ? demande Sophie à Mike, qui vient d'entrer dans la salle de contrôle.

Le scientifique, les yeux cernés, bâille à s'en décrocher la mâchoire.

— Je viens d'initialiser une nouvelle série de mille transferts rapides avec le prototype. La première n'était pas très encourageante. En moyenne, les coordonnées de la position du centre du volume téléporté gravitaient autour de la cible, mais l'écart-type était de l'ordre de cinq centimètres. Avec une telle erreur, il tient du miracle que nos transferts précédents n'aient pas grugé plus tôt dans la machinerie lourde autour de l'espace interne. Des tests similaires prédisaient il y a trois ans un écart-type de quatre microns. Je n'ai pas encore trouvé la cause de cette augmentation de la variabilité.

— Donc, pas de changement dans ta décision d'interdire tout transfert hors de l'espace interne.

— À ce stade, il serait trop dangereux de transporter un volume sphérique supérieur à un mètre de diamètre. De plus, ce volume devrait être centré 1,5 mètre au-dessus du sol, pour demeurer le plus loin possible de l'enveloppe de l'espace interne. Essaie de caser un homme dans un tel espace ! Qui plus est, deux hommes ! Je suis désolé, Sophie.

La jeune femme se détourne de son interlocuteur pour ne pas lui montrer sa détresse. Elle se concentre sur le large écran qui suit la progression des sondes insérées dans les bagues et les colliers de François et de Claude. Quatre points lumineux de couleurs différentes les représentent. En arrière-plan, elle distingue une carte géographique inspirée de celles de Cassini III, un descendant du cartographe de Louis XIV. Elle peut y voir les nombreuses allées du domaine de Versailles. Cette carte géographique superposée au panneau électronique leur permet de mieux comprendre les allées et venues des deux voyageurs. Cet important outil n'existait pas au moment où elle était elle-même dans la simulation, car les scientifiques ne savaient pas dans quel siècle et dans quel pays elle avait été catapultée.

— Ah, je vois qu'ils ont dû passer au plan B, constate Mike. Je ne suis pas surpris qu'ils n'aient pas eu accès aux tourtes pendant la journée.

— Et François doit en être plutôt content, ajoute Sophie. L'inactivité devait lui peser. L'idée de laisser Claude et Olivier tout faire ne pouvait pas manquer de l'agacer. C'est la partie la plus risquée de leur séjour. S'ils se font pincer dans les jardins de Versailles avec tous leurs gadgets électroniques, ils auront bien du mal à les expliquer. Pourvu que François ne voie pas cette excursion nocturne comme une espièglerie.

— Ils en mettent du temps à passer le portail ! commente Rajiv, chargé des transferts d'énergie entre les différents éléments de la simulation.

Les quatre points lumineux sont en effet conglomérés aux abords du petit parc, près d'une ouverture du mur d'enceinte.

— Peut-être n'ont-ils pas pu désengager la tige de métal de la serrure cet après-midi, afin d'utiliser ce soir l'électroaimant de l'autre côté et soulever la barre transversale cette nuit. Peut-être que les battants de la porte sont plus épais que nous l'avons présumé et l'aimant trop faible. Les deux battants de bois qui ferment l'entrée sont immenses, assez grands pour laisser passer des gens à cheval. Ils sont sûrement difficiles à déplacer.

Rajiv n'est pas très loin de la vérité, mais blâme trop vite la technologie pour le retard. À cet instant précis, armé d'un canif suisse que François lui a refilé à travers l'échancrure des battants,

Olivier gratte le tas de feuilles, de sable et de boue séchée accumulé au bas de la porte et qui entrave son travail. Le marquis se plaint en sourdine de ce que l'outil ne possède pas de bouton qui le transformerait en pelle de cinq pieds.

– Ils ont réussi ! Ils sont en dedans, s'exclame Sophie cinq minutes plus tard, avec un soupir de soulagement.

En effet, les points lumineux s'aventurent dans le parc.

*　*
*

Le trio considère l'espace complètement découvert de l'allée royale. Large de 90 mètres, cette route relie le bras ouest du grand canal à la grille royale de Gallie, où se tient une sentinelle devant un poste de garde. La route passe par un carrefour dont partent en étoile plusieurs allées. Le grand canal, un plan d'eau en forme de croix aux bouts arrondis, occupe une place centrale dans le petit parc de Versailles. Son axe est-ouest, d'une longueur de 1 700 mètres, rend problématique la transition entre les côtés nord et sud du parc, à moins de disposer d'un bateau. Plus loin, le canal est flanqué de part et d'autre par le grand Trianon au nord et par la ménagerie au sud. Entrés par la porte de Maintenon, ils doivent traverser la route, qui présente un terrain nivelé couvert de petit gravier et de sable et qui réfléchit bien les rayons de lune. Le chemin continue jusqu'au canal en une douce pente descendante, qui devrait leur permettre d'échapper aux regards de la sentinelle à la grille, s'ils passent en se pliant en deux. Par contre, ce stratagème ne les dissimulerait pas à une patrouille qui longerait le canal. Un ciel nuageux les eut totalement camouflés. Malheureusement, la lune presque pleine en a encore pour quelques heures à rivaliser de brillance avec la multitude d'étoiles.

— Bon, je vais continuer à marcher, dit Olivier en rendant les lunettes de vision de nuit à Claude. Avant d'ouvrir le spectacle, donnez-moi cinq minutes pour atteindre la sentinelle.

Il abandonne ses amis planqués dans la forêt en lisière de l'allée et retourne sur ses pas, afin de gagner le poste de garde à partir de l'allée de ceinture. Il ne dissimule pas sa présence. Après avoir décliné une fois de plus son identité, il exalte les plaisirs des balades nocturnes pendant que la sentinelle songe plutôt aux douceurs d'un lit. Soudain, le garde s'exclame en montrant à l'est l'endroit où, quelques minutes auparavant, il entrevoyait la masse sombre du grand canal.

— Eh, il y a de la fumée là-bas! Morbleu, il y a un incendie!

— Non! C'est du brouillard, intervient Olivier, pour l'empêcher d'alerter ses camarades. Voyez, la brume semble flotter sur l'eau. Et puis je ne vois pas de flamme. Et vous?

— La vapeur s'épaissit tellement qu'on ne voit plus du tout le grand canal, concède le suisse.

— Ah, la poisse commence aussi à envahir l'allée. C'est maintenant opaque partout, dit Olivier au profit de François.

— Quelle purée!

— Si le brouillard est pour tomber ainsi, je ferais mieux de retourner au château au plus vite pour y récupérer mon carrosse et mon cocher, déclare

Olivier, après avoir entendu François l'assurer que Claude et lui ont traversé la route sans anicroche.

— Un des nôtres peut vous y guider.

— Ce ne sera pas nécessaire, je connais bien les lieux.

Olivier repart d'un pas nonchalant, qu'il abandonne aussitôt hors de vue du poste de garde.

— Il n'y a vu que du feu, ou plutôt que de la fumée, dit-il dans son jabot. Le fusil qui t'a permis de lancer ces bombes fumigènes est véritablement silencieux. Où êtes-vous ? Je vois moins bien maintenant sans les lunettes. Je dois rester proche du canal, d'où la lune et les étoiles ne sont pas masquées par les arbres.

— Nous nous efforçons de n'emprunter que les sentiers de la région boisée au sud du canal. Nous t'attendrons à l'orée du bois près de la ménagerie.

Olivier met presque une demi-heure pour atteindre le nouveau point de rendez-vous. Depuis le couvert des arbres, il surveille la course de Claude et François vers la cour nord-est, l'ancien jardin de la défunte comtesse de Bourgogne. Ils parviennent au petit pavillon qui en marque l'entrée, sans signe de détection à partir des bâtiments de la laiterie situés plus à l'ouest, le long de la muraille qui délimite la ménagerie. Cette laiterie sert aussi de résidence à certains gardes et jardiniers.

— Ah mince ! Je crois distinguer un homme dans la cour octogonale, constate François. Il est en train de fumer une pipe et ne donne pas l'impression de vouloir bouger. Il est même confortablement assis.

— Veux-tu que j'aille le distraire ? Ce doit être un des soigneurs.

– Non Olivier, ce serait trop suspect. Continue de surveiller la maison de Bourdelet, tel que prévu. Je vais endormir notre surveillant. Il faut bien que je prouve mon utilité. Je suis un bien meilleur tireur que Claude.

François s'étend sur le sol et positionne le fusil sur un trépied. L'arme est une merveille technologique, développée en secret par le Pentagone. Elle est éventuellement destinée à remplacer les *tasers* comme moyen de contrôler les éléments récalcitrants. Avec la lunette d'approche, François peut viser avec précision l'épaule de l'homme qui se trouve à 75 mètres de lui. Le rayon-laser intégré dépose un point rouge lumineux sur la chemise usée de l'employé. L'arme calcule automatiquement la vitesse d'éjection nécessaire pour atteindre sa cible et lui injecter un soporifique. Après avoir appuyé sur la détente, il voit l'homme sursauter et porter la main gauche à son épaule droite, puis à son front. Le surveillant roule ensuite du banc et s'affaisse sur le sol.

– En plein dans le mille ! murmure François, qui replie le trépied et met le fusil en bandoulière. Avec Claude, il s'élance vers la cour du pavillon d'observation. Pendant que François redresse l'homme sur le banc pour lui faire prendre une position moins suspecte, Claude s'affaire à la serrure de la grille accédant à la cour de la volière.

– Et voilà ! fait-il en entrebâillant la porte. Je vais me prendre pour Arsène Lupin.

Il met une bande adhésive sur le pêne pour l'empêcher de reprendre sa position. Puis, les deux hommes se faufilent jusqu'à la volière, dont les habitants se réveillent en sursaut et communiquent leur désapprobation en gloussant, en piaulant, en criaillant, en ricanant, en hululant, bref en faisant un boucan d'enfer. Les plus stridents de ces cris proviennent du perroquet qui lance des « Zozo-a-faim ! » et des « qui-va-là ? » à pleine voix.

* *

*

En faction devant de la maison du garde, Olivier n'a pas besoin d'écouteur pour entendre le vacarme.

— Eh ! Est-ce que vous pouvez calmer votre basse-cour ? murmure-t-il dans son micro. Vous allez réveiller tout le royaume !

— J'aimerais bien t'y voir, répond François. Aïe ! Ce maudit perroquet vient de me donner un coup de bec. Attends que je t'attrape, vermine.

Après une courte pause où il écoute les instructions de Claude, il ajoute :

— Il va nous falloir utiliser nos lampes de poche. Notre biologiste a de la difficulté à reconnaître les tourtes uniquement sous l'éclairage des scintillateurs infrarouges. Ahhhh ! Je viens d'envoyer Zozo au pays de Morphée. Si seulement, je pouvais faire la même chose à une tourte.

François a fait de nouveau usage de son fusil. Cette fois, les fléchettes transportent une dose de soporifique réglée pour la taille des oiseaux de la volière.

— Parlant de lumière, il y en a maintenant sous les volets à l'étage de la maison du garde. J'ai bien peur qu'il se soit réveillé. Justement je le vois sortir.

En effet, au grand dam d'Olivier, Monsieur Bourdelet vient d'ouvrir la porte du logement et crie par-dessus son épaule :

     Bastille et dynamite

— Je sonnerai la cloche si je vois quoi que ce soit d'anormal. Je prends le Charleville[2] au cas où je surprendrais un braconnier.

D'un pas aussi décidé que le lui permet son âge avancé, le gardien se dirige vers une des entrées de la ménagerie. Le marquis décide alors de faire connaître sa présence. Il se traîne les pieds sur le chemin de gravier et n'est donc pas surpris lorsque le vieillard l'interpelle :

— Qui va là ?

Olivier s'avance lentement vers son interlocuteur.

— Le marquis de Neval.

— Pardon, Monsieur, je ne vous avais pas reconnu dans le noir. Je suis désolé de vous quitter, mais il me faut vérifier la raison de tout ce boucan dans la ménagerie.

— Je m'excuse, mon bon. Je me baladais aux alentours après l'opéra et je semble avoir réveillé certains de ses résidents.

— Ils ne s'égosilleraient pas pour si peu. Veuillez m'excuser. Je dois vraiment aller voir ce qui se passe.

— Vous m'intriguez, les oiseaux m'ont paru si tranquilles, cet après-midi. Permettez-moi de vous accompagner.

— Comme vous voulez.

Le garde forestier repart de plus belle. Olivier a beau tenter de marcher plus lentement pour inciter, par politesse, le vieillard à ralentir, rien n'y fait. Bientôt, celui-ci le devance d'une vingtaine de pas et atteint la cour octogonale. Il découvre

---

2. Type de mousquet utilisé par les troupes royales à l'époque.

maintenant l'homme endormi sur son banc et clopine vers lui.

– Eh là, Bertrand ! N'entends-tu pas ce vacarme ?

Bourdelet a tôt fait de le brasser sans ménagement :

– Eh ! Abruti ! Allons, réveille-toi.

Puis, jetant un regard vers la volière que l'on peut voir au fond de sa cour, il s'exclame :

– Nom de Dieu ! Qu'est-ce que cela ?... Un éclair là-bas. Pourtant, il n'y a pas d'orage. Vous voyez ?

– Non, je ne vois rien de spécial, nie Olivier, le nez dans son jabot.

Aussitôt le faisceau blanc disparaît.

– J'aurais juré voir de la lumière ! Il faut que j'examine cela de plus près, rumine le garde.

Fourrageant dans un sac en bandoulière, il en retire une cartouche, puis entreprend la procédure de chargement de son mousquet. Olivier s'en alarme aussitôt.

– Holà ! Vous n'avez pas l'intention d'utiliser ce fusil, n'est-ce pas ? Vous m'avez dit ne plus très bien voir. Vous pourriez blesser quelqu'un ou un animal.

Monsieur Bourdelet fait la sourde oreille et part en direction de la volière. Olivier le laisse prendre un peu d'avance, puis murmure :

– Sortez de là. Vous allez avoir un visiteur.

– Nous avons presque fini. J'ai réussi à endormir une tourte. Claude est en train de prendre des échantillons de sang.

– Qu'il se dépêche !

Le marquis s'élance vers la silhouette fuyante du garde en l'admonestant de l'attendre.

   Bastille et dynamite

De ses doigts à la limite du tremblement, Claude insère la seringue hypodermique sous l'aile. L'éclairage n'est pas idéal, maintenant qu'il leur a fallu éteindre leurs lampes de poche. Il parvient à remplir deux tubes, qu'il s'empresse de ranger dans son réfrigérateur portable. S'ils ne peuvent convaincre les autorités de leur céder une tourte entière, du moins auront-ils prélevé un peu de sang. Le déclic du couvercle coïncide avec une exclamation de fureur de la part de Bourdelet, qui vient d'atteindre la baie d'observation la plus proche.

– Saleté de braconniers ! Au nom du Roi, je vous ordonne de ne plus bouger.

Claude attrape son sac et s'élance du côté opposé à celui où fulmine le garde. Il atteint enfin une porte que François tient entrebâillée, veillant à ce qu'aucun des occupants à plumes ne s'échappe. Cet accès se trouve au centre de l'édifice, à l'arrière.

Bourdelet suit un trajet parallèle à l'extérieur. Il entre dans la volière du côté cour, juste au moment où il entend l'autre porte se refermer. En un rien de temps, il traverse la largeur du bâtiment pour finalement se retrouver de nouveau à l'extérieur. Guidé par l'ouïe plus que par la vue, il conclut que les braconniers s'enfuient à la course en longeant l'édifice. Il s'élance et contourne la volière. Il discerne leurs silhouettes dans la cour intérieure et les met en joue. Avec un peu de retard, Olivier survient et se précipite pour dévier le mousquet vers le haut, au moment où l'homme appuie sur la détente.

– Eh! Qu'est-ce qui vous prend de m'empêcher de tirer? s'indigne le garde.

– Êtes-vous complètement cinglé de tirer ainsi en direction de la grille? Vous auriez pu atteindre votre camarade, ce Bertrand.

– Je ne le visais aucunement. Je tirais sur deux hommes qui, à cet instant même, sont en train de s'enfuir.

– Quels hommes? Je n'ai vu personne.

Bourdelet n'écoute plus. Il est reparti en direction de la grille à un rythme digne de la marche olympique. Il scande ses pas de vociférations capables d'achever de réveiller tout être vivant dans les alentours. Son coup de fusil a déjà sonné l'alarme.

Claude et François courent à pleines jambes pour s'éloigner de la ménagerie. Ils laissent d'abord leur course effrénée les mener vers le grand canal, mais s'aperçoivent rapidement que ce trajet les obligerait à passer sous les yeux des soigneurs et des gardes qui répondent maintenant à la cloche que Bourdelet a réussi à atteindre. Ils tournent à droite à la sortie du pavillon et empruntent le chemin de Saint-Cyr, le long du côté sud. Deux cavaliers surgissent devant eux, au loin. Les fugitifs décident de prendre le premier chemin qui bifurque vers la droite et se retrouvent dans une partie boisée et sillonnée par plusieurs sentiers à l'ouest de la ménagerie. Dans une vingtaine d'années s'élèvera sur ce terrain une résidence privée nommée "La Lanterne", éventuellement prisée par les présidents de la République française. Les gardes se séparent aux intersections qu'ils rencontrent pour étendre leur filet.

     Bastille et dynamite

Le souffle court, les deux amis atteignent l'allée de Choisi qui traverse le petit parc de Versailles du sud vers le nord. Ils ne peuvent se permettre un seul instant de répit, car derrière eux on crie de s'arrêter au nom du Roi. Par malchance, cette allée tranche une section du petit parc totalement défrichée, qui ne permet plus de dissimuler leur course éperdue. Ils peuvent voir leurs poursuivants et vice-versa. Devant un autre groupe de gardes venant du grand canal, Claude et François ont tout juste le temps d'emprunter sur la gauche une allée qui conduit au carrefour en étoile devant la grille de Gallie. Cette issue s'avère une échappatoire de courte durée, car des gardes suisses qui ont quitté leur poste à la grille royale bloquent maintenant la route devant eux. Le filet se resserre davantage à chaque seconde. François contemple brièvement la possibilité de fuir à travers champs, mais ne voit pas comment cette tactique les débarrasserait de leurs poursuivants. Il fait rapidement l'inventaire de tout l'équipement qu'il possède et qui ne manquerait pas d'éveiller des soupçons : le fusil ultramoderne, les seringues, les lunettes de vision de nuit, les radios, le réfrigérateur à piles, les gilets anti-balles et les chaussures à semelles souples qui amortissent les bruits de leurs pas. Il plonge la main dans son sac pour en sortir la bombe fumigène qu'il réservait pour la deuxième traversée de l'allée royale lorsque, soudainement, les étoiles et la lune disparaissent, tels des projecteurs de théâtre que l'on viendrait d'éteindre. Le monde se voit plongé dans une obscurité totale.

CHAPITRE 7

L'obscurité

Une sirène stridente hulule à travers le centre de recherche. Tous les téléphones cellulaires se mettent simultanément à vibrer ou à sonner. Sophie détache ses yeux de la carte du jardin de Versailles, où les quatre points multicolores se déplacent vers la porte de Maintenon. Elle balaie la salle de contrôle du regard, à la recherche d'une explication à tout ce bruit et s'aperçoit que tout le monde cherche son téléphone dans ses poches. Elle les imite et a tout juste le temps d'y lire « Évacuation immédiate » avant que Shannon, l'épouse de Mike, ne la prenne par le bras pour l'entraîner vers la sortie.

— Quoi ! Eh, que fais-tu ? Que se passe-t-il ?

— Tout le personnel non essentiel doit quitter le centre de recherche. Ce qui veut dire toi et moi.

Sophie ne comprend pas que, en tant que médecin du centre de recherche, la D^{re} Shannon Summers ne soit pas identifiée comme personnel essentiel. Quelle sorte de situation critique ne nécessite pas un médecin ?

— Mike et Rajiv n'ont pas l'air de partir, eux, plaide-t-elle, en essayant de ralentir sa propre avancée vers les escaliers.

— Cette urgence les concerne. Ils doivent rester pour la régler.

— Quelle sorte d'urgence ? Qu'est-ce qui cloche ? Est-ce que la simulation fonctionne toujours ?

— Je ne sais pas et ce n'est pas le moment d'interroger Mike. Je suis certaine que, lorsqu'il pourra le faire, il communiquera avec nous. Pour le moment, nous pouvons nous réfugier chez moi.

*   *

*

La luminosité change si brusquement que François croit d'abord que ses lunettes de vision de nuit ont cessé de fonctionner. Claude éprouve les mêmes difficultés, à en juger par ses exclamations. François soulève la monture de son nez pour regarder par-dessous et ne voit rien. Le noir complet. Une noirceur de fond de mine. À croire qu'on lui a bandé les yeux. Ses lunettes lui retombent sur le nez. Après un moment, ses pupilles s'habituent à l'image plus vague et obscure créée par ses lentilles. François discerne maintenant les silhouettes des gardes, aux deux bouts de l'allée. Les scintillateurs infrarouges éclairent la scène et des images dans la même gamme de fréquences sont réfléchies vers lui. Les corps chauds des gardes agissent comme sources de radiation. Les caméras des lunettes retransforment ces émissions dans le domaine de la lumière visible.

Les gardes commencent à céder à la panique, en s'exclamant qu'ils sont soudainement devenus aveugles. Ils avancent en balayant au hasard leurs bras tendus devant eux et sursautent lorsqu'ils heurtent un compagnon. La nuit a été jusqu'alors tellement éclairée par une lune plus qu'à moitié pleine dans un ciel étoilé, que personne ne s'était muni de torches.

— Comment la lune et les étoiles ont-elles disparu aussi rapidement et complètement ? chuchote Claude.

— Je n'en sais rien, mais profitons de la situation. Nous sommes les seuls à y voir quelque chose.

Ils reprennent leur course vers la grille en évitant sans peine les gardes qui tâtonnent dans le noir. Plusieurs les entendent passer mais trébuchent à essayer de les attraper. Leur supérieur a la présence d'esprit de leur ordonner de ne pas tirer. Arrivé au carrefour en étoile, François décide d'utiliser les bombes fumigènes, car le poste de garde est éclairé par des flambeaux qui luttent vaillamment contre le drap d'ébène de la nuit. Effort inutile, car l'effervescence des discussions entre les sentinelles au sujet de la disparition de la lune donne à penser qu'ils ne portent guère attention à la réapparition du brouillard.

Les fugitifs parviennent finalement à la porte de Maintenon. François se félicite maintenant de toutes ses heures d'entraînement à son club d'escrime pour augmenter sa résistance cardio-vasculaire. Par contre, Claude se promet que, dorénavant, il ne lésinera plus sur l'exercice. Il a été pris d'une crampe au flanc sur la route de Saint-Cyr, s'est délesté de tout son souffle sur l'al-lée de Choisi, a créé ses propres étoiles proche de la grille royale et a thésaurisé l'acide lactique sur l'allée de Gallie. Il appuie son dos contre l'un des battants de la porte pendant que François ouvre l'autre. Ses genoux flageolants se dérobent sous lui, mais la descente de son centre de gravité est interrompue par François, qui l'oblige à le suivre en le soutenant par le bras. Ils ne prennent pas le temps de refermer complètement la porte au moyen de l'électroaimant, comme ils l'avaient planifié, car il est maintenant évident que leur présence n'est pas passée inaperçue. Il est nettement plus important de ne pas se faire attraper et de retourner à l'auberge le plus vite possible.

Sans plus de préavis que lorsqu'elles se sont estompées, les étoiles retapissent le firmament au moment où ils atteignent l'endroit où François a camouflé sa seconde peau. Leur première réaction est de s'aplatir contre le sol et de se dissimuler dans les herbes qui les entourent. De leur point d'observation, ils ne remarquent pas âme qui vive. Ils prennent quelques minutes pour reprendre leur souffle et pour ranger leur équipement dans la « bedaine » de François. Celui-ci revêt le masque de vieillard. Ils continuent leur route vers l'auberge à la vitesse de limace imposée par un des promeneurs.

* *

*

Mike se laisse tomber de fatigue dans son fauteuil, à défaut de pouvoir faire un avec son lit. Il a failli s'endormir au volant en revenant à la maison, *home* qu'il partage depuis six mois avec son épouse. Il ferme brièvement les yeux, mais il sent

　　　　Bastille et dynamite

que la tension nerveuse des deux femmes assises devant lui va l'obliger à demeurer conscient. L'oasis de ses draps ne pourra pas être atteinte avant qu'il n'assouvisse la curiosité inquiète de Sophie et de Shannon. Il rassemble donc ses facultés défaillantes.

— L'alerte était causée par une fuite du modérateur du réacteur nucléaire numéro 5. Il a dû être mis hors service immédiatement. Il y avait des possibilités d'échappement de matériel radioactif. C'est pourquoi la procédure d'évacuation a été mise en branle. Heureusement, la fuite a été étanchée à temps et tout est maintenant sous contrôle de ce côté-là.

— Est-ce que le réacteur numéro 5 est crucial au bon fonctionnement de la simulation ? demande Sophie.

— Ce réacteur devait pourvoir en énergie la couche périphérique de l'univers virtuel.

— La couche périphérique ? Qu'est ce que c'est que ça ?

— Nous appelons ainsi l'univers au-delà de la lune. Nous ne pouvons pas simuler l'univers entier avec le même haut niveau de précision. Cela demanderait une infinité de mémoire. La couche périphérique est donc simulée d'une façon approximative. La position et le mouvement de chaque étoile et chaque planète visibles à partir de la Terre sont calculés et leur contribution au flux d'énergie qui atteint notre planète est estimée. La contribution la plus importante est naturellement celle de l'étoile la plus proche, c'est-à-dire le soleil.

— Alors, que s'est-il passé lorsque le réacteur numéro 5 s'est éteint ?

— Tous les calculs ont cessé et les données ont été effacées de la mémoire. La couche périphérique a cessé de fournir au système Terre-Lune l'information sur l'énergie en provenance du firmament. En pratique, cela voulait dire qu'aucune lumière provenant des étoiles ne pouvait parvenir jusqu'à la terre. Pour qu'on voie la lune, il faut que le soleil l'éclaire. Donc, la lune a dû disparaître elle aussi.

— C'est affreux! s'écrie Sophie. La Terre ne peut pas survivre sans l'énergie qui vient du soleil. Il faut absolument sortir François et Claude de là. Comment peux-tu rester assis confortablement dans ce fauteuil?

— Parce que la situation est essentiellement sous contrôle. J'ai immédiatement mis en marche le réacteur numéro 6. En moins de 15 minutes, il fonctionnait à pleine capacité. J'ai ensuite sorti des mémoires d'emmagasinage une version antérieure du firmament, que j'ai attachée à la simulation. Au moment où j'ai décidé de quitter le centre de recherche pour venir ici, Claude et François étaient de retour à Fontenay depuis plusieurs heures et en profitaient certainement pour dormir. Ce pour quoi je les envie.

— Tu me dis alors que les étoiles n'auraient disparu que pendant quinze minutes.

— Tout juste. Peut-être même que la noirceur totale a facilité leur sortie des jardins. La Terre privée de soleil pendant 15 minutes aurait refroidi quelque peu, mais pas de façon catastrophique. Remarquez... Je ne sais pas si la simulation du firmament que j'ai réinstallée coïncide exactement avec l'heure et la date requises. J'espère que l'étoile la plus proche de la Terre est toujours le soleil et non pas une naine rouge ou un trou noir.

Face aux expressions horrifiées des deux femmes, il s'empresse d'ajouter :

– Je blaguais.

* *

*

À grand-peine, Olivier garde son sang-froid. Il continue à se répéter qu'il doit y avoir une explication parfaitement légitime à la soudaine disparition des étoiles et de la lune. Sa connaissance nouvellement acquise des technologies du 21e siècle n'empêche pas ce phénomène de le laisser complètement stupéfait, au bord de la panique. Il en veut à François de ne pas l'avoir prévenu. Il rejoint à tâtons Bourdelet qui, grâce à sa profonde connaissance des lieux, les guide tous les deux vers son logis. Tels des papillons de nuit attirés par une flamme, tous les gardes rebroussent chemin pour venir s'attrouper autour du flambeau, à l'extérieur du poste de garde près de la laiterie. Ils sont en train de distribuer des lanternes quand Bourdelet et lui les rejoignent. Les propos sont surexcités et chargés d'angoisse. Plus d'un évoque la fin du monde. Un soupir de soulagement collectif s'échappe des poitrines lorsque les cieux s'adornent de nouveau de leurs constellations.

« Je suppose que cela veut dire que François et Claude ont réussi à échapper à leurs poursuivants », conclut Olivier pour lui-même. Il en est à négocier l'emprunt d'une lanterne pour son voyage de retour vers le château, lorsqu'un des gardes remarque :

– Eh, c'est étrange ça ! La grande ourse n'est plus à la même place dans le ciel !

— Comment diable avez-vous fait cela ? vocifère Olivier, dès que la porte de chambre de l'auberge se referme derrière lui.

— Eh, baisse le ton, l'intime doucement François. Tu ne veux pas réveiller toute la maisonnée. Si tu veux parler de la disparition des étoiles, je te dirai que nous n'en sommes pas responsables. Cela ne faisait pas partie du plan. N'empêche que c'est arrivé à point. Sans cela, ils nous auraient capturés.

— Comment est-ce possible ? De plus, as-tu vu la position des constellations ? Quelqu'un à la ménagerie s'est dit convaincu que la grande ourse était à l'ouest de l'étoile polaire avant la disparition du firmament, mais très nettement à l'est quand elle est réapparue.

— Oui. J'ai remarqué. En fait, tout le ciel a tourné, comme si les étoiles avaient disparu pendant près de huit heures.

— Comment sais-tu ça ?

— Rappelle-toi que j'ai servi comme officier de marine.

— Les étoiles ne sont pas disparues pendant huit heures. Cela m'a semblé beaucoup plus court que cela. Et puis la lune n'avait pas vraiment beaucoup bougé, elle.

— Oui, je sais. Comme je te dis, je n'ai pas d'explication.

— La fin du monde était sur toutes les lèvres quand j'ai quitté le château.

— La fin de ce monde, peut-être. C'est pourquoi il nous faut retourner à Paris, puis au 21ᵉ siècle. Tu devrais penser à nous y accompagner.

— François ! s'indigne Claude. Tu as donné ta parole de ne pas inviter Olivier à nous suivre dans le futur. Le transfert n'en serait que plus dangereux.

— Ça, c'était avant de comprendre que ce monde est en train de s'autodétruire.

— Rassure-toi, Claude. Je n'ai pas du tout l'intention de vous suivre. J'aime ma vie ici. Je n'ai pas le goût de perdre titre et fortune, comme François. Et puis, pensez-y un peu. Si la fin du monde doit arriver maintenant, il n'y aura pas de 21e siècle où se réfugier !

— Non, le transfert ne fonctionne pas comme cela. Je ne t'ai pas tout dit. Ce monde n'est pas le vrai passé. Ce n'en est qu'une reproduction. Une copie qui semble avoir des problèmes de fonctionnement !

— Peu importe, François ! Pour le moment, je suggère que nous dormions quelques heures. Il serait trop suspect d'essayer de partir d'ici au milieu de la nuit.

— C'est sage en effet, raisonne Claude. D'autant plus que nous ne pouvons pas tenter un transfert en plein jour. La ruelle serait bondée. Nous n'arriverons pas à Paris avant l'aube, même en partant maintenant.

— Espérons que ce monde survivra une autre journée, marmonne François.

* *
*

Le voyage de retour se fait sans problème, hormis les attroupements devant chaque église sur leur trajet. La nouvelle se répand comme une traînée de poudre. Elle est d'abord reçue avec scepticisme de la part de quiconque a passé une bonne nuit. Bien longue en fait, car les horloges et les montres des bourgeois assez riches pour en posséder indiquent que le soleil s'est levé beaucoup plus tard que d'habitude. Ils arrivent au domicile du marquis en début d'après-midi. Y règne un courant d'incertitude, depuis que le soleil a atteint son zénith à une hauteur dans le ciel caractéristique d'une journée de novembre. Le signe de la croix devient un tic nerveux parmi les serviteurs, dès qu'ils regardent le ciel. La température descend et des nuages envahissent l'horizon.

François se terre de nouveau dans la chambre d'invité du marquis pendant que celui-ci, après un copieux goûter, se rend en personne inviter Élyse et Nicolas de Charenton pour la soirée. Ne trouvant ni l'un ni l'autre chez eux, il doit laisser un mot qui ne peut qu'être vague et qui les presse de venir. Il se dit titulaire de bonnes nouvelles d'amis communs.

La pluie martèle les carreaux du salon où se réfugient les trois hommes après un souper savoureux. Les rideaux sont tirés. François s'est débarrassé de son masque et soulagé de son ventre postiche. L'horloge vient de sonner les neuf heures et il se résigne à l'idée qu'il devra repartir sans avoir revu le frère et la sœur qui ont tant aidé Sophie à s'adapter au 18e siècle. À minuit, il compte retourner à l'allée de l'Aveugle, en compagnie de Claude.

Contre toute attente, un carrosse s'arrête finalement devant la demeure du marquis. Un regard d'Olivier à travers l'échancrure des rideaux permet de confirmer qu'un homme et une femme en descendent. Le large chapeau que l'homme

　　　　　　　　Bastille et dynamite

incline pour se protéger de la rafale ne permet pas de vérifier son identité, mais la voix musicale de la dame ne laisse aucun doute sur sa personne. François se lève précipitamment pour se cacher derrière la porte, afin que le majordome ne le voie pas en accompagnant les visiteurs jusqu'au salon. Claude saisit le masque et le ventre qui traînent négligemment sur une table et les jette derrière les rideaux.

Raoul n'a pas le temps d'annoncer les visiteurs, qu'Élyse s'engouffre dans la pièce. Elle se dirige vers le marquis en lui tendant sa main, qu'Olivier baise galamment. Suivant l'étiquette, Claude se tient debout devant son siège comme s'il venait de s'en soulever à l'entrée de la jeune femme. Il attend patiemment à l'écart.

— Monsieur le marquis, je m'excuse de l'heure tardive de notre visite, se défend-elle, mais, il y a une heure à peine que j'ai pris connaissance de votre missive à notre retour d'une excursion. Ma curiosité et l'insistance de votre note m'ont conduite à ne pas remettre cette visite à demain.

— Vous avez très bien fait de venir sans délai, la rassure Olivier.

— Ne me faites plus attendre. Les amis communs dont il est question ne seraient-ils pas le comte et la comtesse de Besanceau ?

— Vous avez bien deviné, Élyse, fait une voix derrière elle.

Elle se retourne, pousse un cri de joie et s'élance vers le comte. Celui-ci empoigne la jeune fille par les épaules et l'attire avec enthousiasme contre lui. Il couronne son étreinte de deux baisers sur les joues. Il n'a pas le temps de prendre un peu

de distance pour admirer son amie qu'il entend à
côté de lui un propos furieux :

– Qui vous donne le droit d'embrasser ainsi
ma fiancée ?

CHAPITRE 8

Les visiteurs

François sursaute et considère l'homme qui, les poings serrés, se tient rigidement devant la porte que le majordome a refermée. Un muscle tressaille à la mâchoire de l'inconnu. Dans la vingtaine, élégamment vêtu, l'œil hautain, le nouveau venu remarque l'aspect négligé du comte. François ne porte que la chemise trop grande pour lui qu'il a rapidement glissée dans son pantalon. Son jabot pend lamentablement autour de son cou. Il n'a pas remis le veston dans lequel il flotterait, maintenant que sa poitrine artificielle ne gonfle plus son torse.

— Qui êtes-vous ? s'exclame François, redoutant les implications de cette rencontre fortuite.

— Lysandre Saint-Honoré, Messire. Comme je viens de vous le dire, je suis le fiancé de Mademoiselle de Charenton. J'apprécierais grandement que vous cessiez de retenir ma promise dans vos bras.

Le tout est prononcé sous l'effet d'une colère endiguée à grand effort.

François prend alors conscience de son bras autour de la taille d'Élyse et s'oblige à faire un pas en arrière. Il tente de prendre une attitude conciliante.

— Pardonnez-moi. Je vous prie de ne voir dans cette accolade aucun manque de respect. Seule mon affection pour une amie que je n'ai pas vue depuis plus d'un an me porte à l'étreindre.

— Vraiment ? Permettez-moi d'en douter. Je ne vous connais pas, mais j'ai eu vent de votre réputation.

François se retient à grand-peine de saisir l'insolent par le collet.

— Qu'insinuez-vous, Monsieur ?

— On m'a laissé entendre que votre disparition avait laissé plus d'une éplorée.

— Dois-je comprendre que vous m'accusez d'infidélité à mon épouse ? Vous m'insultez, ainsi que Mademoiselle de Charenton. Avez-vous si peu confiance en sa vertu ?

La question amène la déconfiture de l'individu. C'est avec moins d'aplomb maintenant qu'il bafouille :

— Non, bien sûr. Mademoiselle de Charenton est au-dessus de tout reproche. Toutefois, sa bonté naturelle la rend souvent victime de personnes malintentionnées. Je me dois d'être vigilant pour elle.

« Traduction : les femmes sont trop naïves, il faut contrôler leurs actions. Qu'est-ce qu'Élyse voit dans cet abruti ? » pense François.

— Messieurs, messieurs, tente Olivier, ne nous emballons pas, je vous en conjure.

— Lysandre, vous n'avez aucune raison de vous méfier du comte de Besanceau. Je vous ai déjà expliqué qu'il est l'époux de ma meilleure amie,

   Bastille et dynamite

intervient Élyse. De plus, il est lié d'amitié avec Nicolas.

— Où est votre frère, justement ? demande François. J'espérais le revoir également ce soir.

— Nicolas séjourne chez des amis, en Normandie, et ne rentrera que dans trois jours. C'est pourquoi Lysandre a gracieusement accepté de m'accompagner ici. Il n'aurait pas été convenable pour moi de venir seule.

— Naturellement, acquiesce François. Quelle bonne fortune que Monsieur Saint-Honoré ait été en mesure d'offrir ses services.

Le sarcasme n'échappe pas au fiancé qui fronce légèrement les sourcils, mais ne relève pas l'ironie.

Olivier reprend ses fonctions d'hôte en invitant chacun à s'asseoir. Claude en profite pour s'approcher du groupe, la redingote de François à la main. Son geste le rappelle à François, soudain conscient de son propre aspect négligé.

— Permettez-moi de remédier à une grave omission de ma part, fait-il, tout en resserrant la boucle de son jabot. Élyse, Monsieur Saint-Honoré, j'aimerais vous présenter mon compagnon de voyage et ami, Monsieur Claude Laurence.

Celui-ci s'incline devant le couple d'une manière rigoureusement correcte. Pas de bise intempestive de sa part. Tous prennent place dans des fauteuils autour d'une table basse où reposent une bouteille de vin et plusieurs verres. Olivier s'empresse de remplir les coupes. Monsieur Saint-Honoré s'étonne en silence que leur hôte les serve lui-même et que le veston de confection sobre dont le comte vient de se revêtir ne semble pas très ajusté. En fait, ses habits ne le flattent guère et s'accordent peu à son rang.

– Je ne peux plus me contenir, commence Élyse. Me donnerez-vous enfin des nouvelles de Sophie ? Où est-elle ?

– Chez ses parents avec notre fils Olivier, beaucoup trop jeune pour voyager.

– Elle a donc accouché d'un fils ! C'est merveilleux. J'espère que la mère et l'enfant se portent bien.

– Parfaitement, merci Élyse.

– Vous dites qu'ils sont restés chez les parents de Sophie. J'avais donc raison de croire que c'était là votre destination à tous les deux. Ne vous l'avais-je pas prédit, Monsieur le marquis ?

– Je dois concéder que vous aviez parfaitement raison, confirme-t-il.

Un sourire malicieux se dessine bientôt sur les lèvres de la jeune femme.

– Dites-moi François, l'endroit où Sophie est née ressemble-t-il à celui qu'elle nous avait décrit ?

François ne peut s'empêcher d'admirer les détours qu'Élyse emprunte pour guider la conversation.

– Oui, dans la mesure où elle pouvait se le permettre, elle avait dépeint un tableau très proche de la réalité. Cela ne m'a pas empêché d'être plutôt surpris, car je l'avais imaginé autrement.

– Et vous, Monsieur Laurence, êtes-vous originaire du même endroit ?

– Oui, j'ai cette chance, en effet.

– Je vois. Intéressant. Est-ce votre premier séjour ici ?

– Je suis déjà venu à Paris, mais ma dernière visite date de plusieurs années. La ville a beaucoup changé entre-temps, ajoute-t-il en espérant que Saint-Honoré ne lui demandera pas de donner des détails.

– Je peux certainement nommer plusieurs choses qui ont pu vous étonner, commente Élyse.

– Pardonnez-moi, interrompt Lysandre, je n'ai pas bien compris d'où vous venez.

« Cela doit avoir affaire avec le fait que nous ne l'avons pas dit, ironise François pour lui-même. Bon, quoi lui révéler ? »

Comme Claude semble pris de court, le comte prend la relève et invente, à brûle-pourpoint :

– Ainsi que les parents de Sophie, Claude demeure sur une petite île très difficile d'accès dans les Antilles. Il y a un an, nous avons rencontré par hasard dans la rue une connaissance de Sophie qui venait aussi de cette île. L'homme partait pour cette destination et nous a proposé de l'accompagner. Il fallait y aller immédiatement ou attendre une autre année. Comme Sophie préférait accoucher parmi les siens, nous avons pris la décision intempestive de le suivre, sans même prendre le temps de retourner à notre hôtel. Dans une auberge où nous avons fait une étape, Élyse, nous avons laissé des lettres. Malheureusement, je crois comprendre maintenant qu'aucun des messages avisant de notre voyage n'a atteint son destinataire. Je suis désolé et vous présente toutes mes excuses pour l'inquiétude que notre départ précipité a pu vous causer.

– Vous êtes pardonné, maintenant que je vous sais tous les deux, ou plutôt tous les trois, sains et saufs, le rassure Élyse. Quand Sophie compte-t-elle venir vous rejoindre ?

– Elle n'a aucun projet en ce sens, du moins pour le moment. En fait, Claude et moi nous apprêtons à retourner là-bas.

– Déjà ! Vous venez à peine d'arriver !

– Oui, mais les navires qui s'y rendent ne sont pas très fréquents. Nous espérons repartir par le même vaisseau qui nous a ramenés en Europe. Celui-ci ne compte faire escale que le temps de se ravitailler. Je savais en venant ici que je ne pouvais rester à Paris que quelques jours, si bien que je voyage incognito. J'ai évité mon hôtel. Je laisse des instructions à Olivier pour la gestion de mes domaines. J'avais peur que si la rumeur de mon retour se répandait, on m'inonde d'invitations. À coup sûr, il me faudrait me rendre chez le roi. Je veux me tenir prêt à partir dès que me parviendra le message que le navire doit appareiller. Ce qui pourrait être ce soir comme dans une semaine.

– Ce soir ?

– Oui, c'est pourquoi le message d'Olivier insistait pour que vous veniez sans délai. Oh, avant que je n'oublie, j'ai des cadeaux que Sophie a préparés pour vous et Nicolas. Je crois qu'ils sont accompagnés de lettres.

François se lève pour aller chercher sur une table deux colis ficelés dans un papier brun et scellés aux armoiries des Besanceau. Les noms de leurs destinataires sont écrits dessus avec la consigne : « À remettre en mains propres ». Élyse les reçoit de François et les garde sur ses genoux, après maints remerciements.

– Ne voulez-vous pas prendre connaissance du contenu de votre cadeau, s'étonne son fiancé.

Élyse lance un regard interrogateur vers François, qui s'empresse de dire :

– Vous n'avez pas besoin de l'ouvrir maintenant, je peux vous dire ce que contient votre paquet. Il s'agit du troisième et dernier volume d'un roman de Monsieur Hugo. Pour Nicolas, je crois que mon épouse a choisi un missel richement orné. Emportez-les donc emballés, ils n'en seront que plus faciles à trimballer.

— Hugo ? Je n'ai jamais entendu parler de cet auteur.

— Oh, Lysandre, il s'agit d'un ami des parents de Sophie qui s'amuse à jouer les écrivains. Ses efforts ne sont pas des plus louables, mais puisque j'ai déjà investi une bonne partie de mon temps à lire les deux premiers volumes, j'ai promis à Sophie d'en terminer la lecture.

Espérant que cette observation peu avenante découragera son fiancé de lire *Les misérables*, Élyse s'empresse de détourner la conversation.

— Que faites-vous de vos journées là-bas, François ?

— Ah ma chère amie ! J'étudie le fonctionnement des choses. J'observe la nature. Je me complais à entendre gazouiller mon fils. Puisque mes serviteurs ne m'ont pas accompagné dans ce voyage, il m'a fallu assumer certains de leurs rôles.

— Comme quoi, par exemple ? s'effare Lysandre, presque suffoqué d'indignation.

— L'achat de la nourriture au marché et, quelquefois, la confection des repas. Je ne suis pas peu fier d'une omelette aux échalotes et champignons qui, après plusieurs échecs, s'est avéré un mets délectable.

Élyse égrène un rire joyeux, tout en félicitant le comte pour ses talents culinaires. Son fiancé le dévisage avec horreur.

— Vous apprêtez votre propre nourriture !

— Il n'y a rien de mal à innover, se justifie François. En fait, on peut toujours apprendre, même dans les domaines où l'on croyait posséder une certaine expertise. Ainsi, quelque mois après mon arrivée sur l'île, m'est venue l'envie de m'exercer à l'épée. Comme nul ne porte d'arme à la ceinture là-bas, j'ai dû chercher les amateurs d'escrime et m'inscrire à une salle d'armes. Laissez-moi vous raconter la réception qu'on m'y a faite.

Claude et Olivier, à qui il n'a pas encore eu le temps de raconter cette anecdote, sont pendus à ses lèvres.

— J'arrive donc à cette salle d'armes que je trouve grande et bien éclairée. Dès l'entrée, je peux assister à une séance d'instruction. La performance des participants est déplorable. Ils savent à peine différencier la pointe du pommeau. Dans un coin, je vois des jeunes hommes et des moins jeunes sauter à la corde comme des fillettes. D'autres sont en train de soulever et de déposer des barres de métal à la manière d'automates. J'attire finalement l'attention d'un instructeur, qui me prête un fleuret et de l'équipement protecteur. Nous nous mettons en garde et commençons un échange d'attaques et de ripostes. Vous ai-je dit qu'un combat amical devait décider de mes privilèges de membre ?

François prend une pause pour jauger le niveau d'intérêt de son public. Impatiemment, Olivier le pousse à continuer :

— Et puis ? Tu as dû lui donner du fil à retordre, car tu es un des meilleurs escrimeurs que je connaisse.

— Cet homme se comparait à maître l'Écuyer par sa vitesse et sa technique. Tu sais, le propriétaire de la salle où nous avions l'habitude de nous exercer tous les deux ? Ses feintes et ses attaques se succédaient sans relâche. Infatigable, il me mettait constamment sur la défensive. Par miracle, j'ai réussi deux touches. Dans un vrai duel, il m'aurait tué quatre ou cinq fois ! Il ne s'interrompit qu'une seule fois, pour me demander où diable j'avais appris à me battre. Ne sachant pas s'il était impressionné ou dégoûté, j'ai bafouillé des excuses et nous avons repris notre combat. Après un moment, son adjoint a insisté pour prendre la relève et permettre au maître de mieux m'observer. L'assistant avait peu à apprendre de l'autre. Je ne le touchai que trois fois. Ensuite, il m'a fallu affronter tous les sauteurs de cordes et les porteurs de poids qui insistaient pour avoir leur tour. Ils étaient tous d'excellents escrimeurs.

François ne mentionne pas que deux d'entre eux étaient des femmes. Il ne veut pas rendre son récit trop invraisemblable.

— J'étais au bord de l'évanouissement. Hors d'haleine, je ne pouvais même pas demander pitié. Lorsque j'ai finalement retrouvé assez de souffle pour être audible, je les ai tous félicités pour leur habileté et je me suis excusé de ma pauvre performance. Ils ont trouvé la remarque très drôle et ont avoué qu'ils étaient, au contraire, impressionnés. Après tout, j'avais réussi à toucher leur instructeur deux fois, ce qui n'était pas rien, car celui-ci était un ancien champion olympique.

Claude éclate de rire.

— Que voulez-vous dire par champion olympique ? demande Lysandre.

— Tous les quatre ans, les gens de cette île organisent une rencontre où des compétitions amicales déterminent le meilleur athlète, dans une série de disciplines. Le mot olympique renvoie à des épreuves similaires à Olympie, dans la Grèce antique. Cet instructeur avait déjà gagné à ces jeux. Il était donc un des meilleurs escrimeurs... des environs.

— Le meilleur escrimeur d'une petite île dans les Antilles, vous voulez dire.

— Voilà, et un très bon maître. Après cette séance, il m'a invité à me joindre à sa classe à titre officieux. Tous les sauteurs de corde appartenaient à l'équipe nationale.

Cette dernière phrase se veut une précision pour Claude, mais Lysandre en remarque tout de suite l'incongruité :

— Équipe nationale ? De quelle nation voulez-vous parler ?

— Euh, aucune en particulier, hésite François, atterré par son imprudence. Je cite simplement le nom que se donne ce groupe d'hommes. Probablement parce qu'ils sont tous d'une nationalité différente.

— De quelle juridiction cette île dépend-elle donc ?

François fait rapidement le bilan de ses choix de réponse. La France ? Comment définira-t-il l'emplacement de son île imaginaire ? Comment l'appellera-t-il, si on lui en demande le nom ? En fait, le même problème s'applique à n'importe quelle nationalité.

— L'île est insignifiante et ne possède aucune ressource qui pourrait intéresser le moindre gouvernement, débite-t-il. Elle sert de refuge à des familles de différents pays. Aucune nationalité n'y prédomine.

— Enfin, qui y fait régner l'ordre ? À quel roi prête-t-on allégeance ?

— Aucun souverain ne la régit. Un groupe de gens élus à tous les cinq ans s'occupe de la gouverner.

— Un pays sans roi ! Quel concept dangereux !

– D'après mon expérience, cela fonctionne très bien.

– Est-ce à cela que tient votre réticence à vous rendre à la cour ? Est-ce que vous suggérez qu'il vaudrait mieux se débarrasser du roi ?

– Pourquoi faut-il que vous interprétiez mes propos ou mes actes de la pire façon ?

– Votre île ressemble diablement à un repaire de pirates, sinon de rebelles.

– Des pirates ! Où êtes-vous allé chercher une idée aussi absurde ?

– Absurde, vous dites. Sous quel pavillon avez-vous vogué vers cette île ? Quel était le nom du navire, celui de son capitaine ? De quel port avez-vous appareillé ?

– Je ne vois pas pourquoi tous ces détails vous préoccupent.

– Vraiment ! Ils m'intéressent parce que, justement, vous évitez d'en parler. Il y a là des secrets qui me semblent louches. Je ne resterai pas plus longtemps en la présence d'un homme que je soupçonne d'anti-royalisme et de complicité avec des brigands. Venez Élyse, nous partons.

Il accompagne ses paroles d'un retrait guindé vers la porte.

Élyse reste complètement interdite et regarde François d'un air navré.

– Vous n'avez pas le droit de lui ordonner de vous suivre de cette façon, s'insurge le comte. Elle peut très bien prendre ses propres décisions. Elle peut rester si elle veut.

– Une jeune fille seule en présence de trois hommes célibataires ? Croyez-vous vraiment que je permettrais une telle souillure à sa réputation ?

— Vous semblez continuellement oublier que je suis marié.

— Votre épouse n'est pas ici pour vous chaperonner.

— Mademoiselle de Charenton est en parfaite séc...

— François, c'est inutile d'insister, s'interpose Élyse. Il se fait tard de toute façon. Il vaut mieux rentrer. Je suis certaine que Nicolas voudra vous voir dès qu'il rentrera de Normandie et je ne manquerai pas de l'accompagner. D'ici là, permettez-moi de prendre congé.

Elle lui tend la main. François y dépose un chaste baiser tout en lui rappelant que, malheureusement, il pourrait devoir partir avant le retour de Nicolas. Elle lui promet alors de lui faire parvenir dès le lendemain matin une lettre à remettre à Sophie. François ne peut que lui offrir un triste sourire. Elle salue ensuite Claude, qui s'empresse d'accomplir un baisemain après avoir rangé sa tabatière dans sa poche.

Le marquis raccompagne lui-même le couple. Le majordome apparaît dans le vestibule, alerté par les bruits de porte, et reçoit l'ordre de faire avancer le carrosse des invités. Ceux-ci disparaissent dans la nuit. Olivier donne ensuite l'ordre d'apprêter son propre carrosse et retourne au salon. François s'est de nouveau affublé de son ventre et de son masque.

— Vos retrouvailles sont loin de s'être déroulées comme prévu, commente-t-il après avoir refermé le battant derrière lui. Pourquoi t'es-tu embourbé de la sorte ? Une île des Antilles, non mais...

— Et toi, savais-tu qu'elle était fiancée ? Connaissais-tu cet énergumène ?

   Bastille et dynamite

– Maintenant que j'y pense, je crois avoir entendu une rumeur à cet effet. Je n'y avais pas vraiment porté attention. Nous ne fréquentons pas les mêmes cercles.

– Monsieur Saint-Honoré semblait prédisposé à te prendre en grippe, souligne Claude.

– Je ne l'avais pourtant jamais rencontré.

– Il vient d'une ville de province, précise Olivier. Rouen, je crois. Il n'a dû arriver à Paris que dans la dernière année. Je le crois un cousin distant du marquis de Soissans.

François sent un frisson lui parcourir l'échine. Il se remémore le journal intime du comte de Besanceau, le vrai. Celui qui a vécu dans le véritable passé, n'a jamais fait la connaissance de Sophie et a péri à l'âge de 33 ans, dans un duel contre le marquis de Soissans. Il se force à prendre une longue respiration.

– Je comprends maintenant pourquoi Monsieur Saint-Honoré est mal disposé à mon égard. Le marquis de Soissans a dû lui farcir l'oreille de mes peccadilles amoureuses d'avant Sophie. Mes rapports avec lui ne sont pas des plus chaleureux.

– Que te reproche-t-il ?

– D'avoir monopolisé les attentions de celle dont il s'était épris. Je n'ai pas été très diplomate lorsque je me suis moqué de lui en disant qu'entre lui et moi, il ne fallait pas trop s'étonner du choix de sa belle.

– Hum. Avoir Soissans comme ennemi n'est pas une bonne idée. Tes propos, ce soir, étaient quelque peu imprudents.

– Oui, je sais. En un an, je semble avoir perdu la capacité de tolérer les imbéciles. Heureusement que nous repartons ce soir, n'est-ce pas, Claude ?

— Espérons-le en tout cas. Je sens que nous aurions dû prévoir un meilleur scénario que cette histoire d'île…

CHAPITRE 9

Contretemps

La pluie tombe encore aussi drue lorsqu'ils quittent le carrosse du marquis pour se rendre à pied à l'allée de l'Aveugle. Le cocher a reçu l'ordre de tourner en rond dans les allées désertes du Marais, jusqu'au retour de son maître.

— Tu es certain de ne pas vouloir partir avec nous ? répète François à Olivier.

— Oui, parfaitement. Et puis, vous aurez besoin de moi si jamais le concierge de la ménagerie consent à vous vendre une tourte. J'ai en poche la bague et l'alphabet que vous m'avez donnés et je m'en servirai pour vous avertir. Je vais faire de mon mieux, même si un homme de mon temps n'aura pas, de toute sa vie, l'occasion d'utiliser un système inventé dans les années 1800.

— En effet ! J'ai mis un moment à le maîtriser moi aussi. Je compte sur ton talent, mon ami. Après tout, tu sais lire et écrire ! Pourvu que ça soit très bref, ça ira.

Olivier tâte le bijou contenant la sonde minuscule grâce à laquelle le centre de recherche pourra suivre ses mouvements. Il sait que tout va-et-vient, vers minuit chaque nuit, sera interprété comme un message en morse. François l'a prévenu que ce mode de communication fonctionne à sens unique et que seul un transfert peut apporter un objet ou un message en provenance du futur.

Le trio arrive bientôt à l'intersection du boulevard et de l'allée de l'Aveugle.

— Que va-t-il se passer maintenant?

— Bientôt, nous devrions voir apparaître un tourbillon d'étincelles, comme un siphon lumineux, explique François.

— Une fois le mouvement de rotation bien établi, nous passerons à l'intérieur, ajoute Claude. Quelques secondes plus tard, le transfert se produira et nous disparaîtrons d'ici.

Pendant qu'il parle, un grésillement se fait entendre et les premières étincelles apparaissent. Elles s'intensifient et se multiplient.

— Nom de Dieu, c'est extraordinaire, s'extasie Olivier.

Il se retrouve bientôt le nez collé sur l'épaule de François, qui l'étreint dans une accolade à lui couper le souffle et l'intime de bien prendre garde à lui. En lui rendant la pareille avec enthousiasme, Olivier lui fait ses propres recommandations. François soulève sa valise et fait un pas vers le bourdonnement, mais se voit soudainement bloqué dans sa démarche par Claude qui le retient par le bras.

— Non, attends. Quelque chose cloche. Le volume est beaucoup trop petit et il flotte un mètre au-dessus du sol.

— Viens, proteste François. Il va continuer à grandir une fois que nous en aurons gagné le centre.

— Je ne crois pas. Il a déjà atteint son maximum de luminosité. Si nous y allons maintenant, nous serons tranchés en deux par l'initialisation du transfert. Seuls nos têtes et nos torses seront transportés. Il faut attendre que le volume soit assez grand pour nous englober.

François comprend la sagesse de ce conseil, mais se retient difficilement de s'élancer vers la sphère lumineuse. Soudain, des objets s'échappent de la boule de lumière et tombent dans la rue. Les trois hommes distinguent un tabouret aux pattes tronquées, dont la partie inférieure est demeurée hors de la simulation. Après l'impact, une boîte métallique glisse du petit siège et aboutit elle aussi dans la vase. Complètement interloqué, le trio fixe la boîte un long moment, pendant lequel la sphère brillante perd progressivement de son intensité jusqu'à n'être plus qu'un souvenir. Le contraste les aveugle momentanément. Seul le fanal qu'ils ont apporté avec eux éclaire la scène, mais la flamme proteste chaque fois qu'une goutte de pluie s'infiltre entre les parois de verre.

Claude réagit le premier. Il sort une torche électrique de sa poche et se dirige vers les deux objets issus du transfert. Il s'accroupit pour saisir la boîte et la déposer sur le tabouret, qu'il a redressé. Il balaie le petit coffret du faisceau de sa lampe et discerne un clavier numérique. Un bout de papier retenu par une bande adhésive le recouvre. On peut y lire « l'année » en anglais.

— Ce doit être la combinaison numérique qui ouvre la serrure, suggère François par-dessus l'épaule de Claude.

— 1770 ? propose Olivier, qui les a rejoints.

— Non, je parierais sur 2012.

Claude est récompensé par un déclic et une petite échancrure dans le couvercle par rapport au reste du boîtier.

— Ne vaudrait-il pas mieux regarder le contenu au sec ?

— Probablement Olivier, mais je suis bien trop impatient, lui répond François. Ta mante est très ample. Utilisons-la comme une sorte de tente.

Les trois hommes réussissent, tant bien que mal, à former un enclos occupé en son centre par le coffret. Claude soulève le couvercle et extrait une feuille de papier qui repose sur une bourse, des piles et une clé USB. Il déplie la feuille et déchiffre péniblement, sous l'éclairage limité de sa torche, quelques lignes dactylographiées :

Impossible de transférer volume assez grand pour vous contenir. Tests en cours pour corriger situation. Prendront UN MOIS minimum.

— Un mois ! Ce n'est pas vrai ! s'écrie François. Tu as mal lu.

— C'est même en lettres majuscules et souligné. Ce n'est pas tout. Je continue.

Vidéo sur clé USB incluse. Vous donnera détails. Équipe fera tout pour vous sortir au plus vite. Regrette douloureusement expédition. Mike. P.S. Apprécierions confirmation que vous avez reçu message.

Un lourd silence suit la lecture, puis François émet un juron en s'éloignant pour commencer un va-et-vient incohérent. Tel un lion en cage, il tente de dissiper sa frustration montante. Il en oublie momentanément, sans le moindre remords, le but de leur visite et ne pense qu'au fait de ne pouvoir serrer Sophie et son fils dans ses bras ce soir.

— Je ne peux pas rester ici, s'exclame Claude. Il est impératif que je commence à travailler sur les échantillons de sang. Tous nos efforts seront en pure perte si je les laisse se gaspiller. Les piles superpuissantes du réfrigérateur seront à plat en moins d'une semaine.

— En revanche, vous aurez le temps de discuter de l'achat d'un oiseau avec Monsieur de la Roche, encourage Olivier. N'est-ce pas mieux pour la confection de votre remède? Pour l'heure, allons donc nous mettre au sec chez moi, répète-t-il. Je ne vois aucune raison de rester plus longtemps dans la ruelle, à admirer le déluge.

— Tant qu'à faire les cent pas, François devrait épeler « message reçu », recommande Claude. Il porte son collier, j'espère?

À contrecœur, François se résigne à se mettre à la tâche.

*　*
*

Deux heures plus tard, il regarde sans les voir les gouttes dessiner leur parcours sinueux sur le pan extérieur de la fenêtre du salon d'Olivier. Ils ont fini de visionner l'explication supplémentaire de Mike. Il en repasse dans sa tête les points saillants.

« Si vous croyez que 15 minutes de noirceur complète vers une heure et demie du matin ont pu surprendre chez vous, essayez d'imaginer ce que les Chinois de votre époque ont pensé lorsque ce phénomène s'est produit chez eux, après le lever du soleil. Naturellement, vous n'en entendrez pas parler avant qu'une lettre en arrive ou qu'un voyageur en revienne.

Nous ne savons pas jusqu'à quel point la simulation dans la couche périphérique s'approche de ce à quoi elle ressemblait avant son interruption. Tout est-il revenu à la normale ? Si vous pouviez nous communiquer vos observations à ce sujet, ce serait apprécié. Nous estimons, d'après les niveaux d'activités dans l'espace interne, avoir rétabli un cycle diurne adéquat, mais sommes complètement dans le noir relativement au cycle annuel. La continuité en a-t-elle été préservée ? »

– Non, s'est exclamé Claude à ce moment du visionnement. Nous avons sauté du début juillet au milieu de novembre en moins de 15 minutes.

Sur l'écran, sourd à ce commentaire, Mike a formulé l'espoir qu'un déphasage éventuel ne cause aucun problème.

– Aucun problème ! Une saison estivale écourtée, une récolte avortée, des risques de famine, des oiseaux migrateurs déboussolés, des animaux dont les nouveau-nés n'auront pas le temps de se fortifier avant l'hiver, a marmonné Olivier.

– Je ne serais pas surpris que, dans la tourmente, la Révolution française soit déclenchée vingt ans à l'avance, a renchéri Claude.

C'est dans ce monde perturbé que François est appelé à vivre le prochain mois, un monde que toute la fibre de son être veut quitter, un monde instable qui peut cesser d'exister à tout moment. Il pense avec épouvante au fait que Sophie y soit restée prisonnière pendant un an et demi. Dieu

Bastille et dynamite

sait quel autre désastre la simulation va concocter pour le tenir loin d'elle et de son fils.

Soupesant les risques inhérents aux transferts et à l'épidémie qui menace l'ère moderne, Mike leur permet toutefois d'effectuer un autre échange à volume réduit, dans les prochains jours, afin de rapatrier le réfrigérateur avant que les échantillons ne se gâtent. Ensuite, silence pendant un mois. François donnerait n'importe quoi pour entendre Sophie le gronder doucement d'un « je te l'avais bien dit », pourvu qu'elle le fasse en l'étreignant férocement dans leur petit appartement de Paris.

Incapable d'obtenir une réponse à sa demande de plan d'action, Olivier propose à ses deux invités de profiter d'une bonne nuit de sommeil :

— Après tout, c'est la troisième d'affilée où nous ne gagnons pas nos lits avant deux heures du matin, observe-t-il. J'avoue que je ne serais pas mécontent de prendre un peu de repos. Nous ferons le bilan demain matin.

François sort de sa torpeur.

— Quels sont nos choix ? Je ne peux pas continuer à me terrer dans ta chambre d'amis pendant un mois. C'est déjà un miracle qu'aucun de tes serviteurs ne m'ait reconnu. Du moins, ils ne l'ont pas laissé paraître. Nous ne pouvons pas compter sur Saint-Honoré pour garder le silence. Non, il n'y a pas d'autre choix que de ressusciter le comte de Besanceau.

*　*
*

– Et voilà, nous sommes presque arrivés, commente François à l'adresse de son compagnon. On peut voir d'ici la grille du parc de mon hôtel.

Ils ont engagé un cocher et son carrosse à une auberge en bordure sud du bois de Boulogne, escale réputée pour les voyageurs en provenance de la côte atlantique. François a troqué son habit de bourgeois obèse pour un manteau et une culotte en brocart, dénichés dans une friperie par Olivier ce matin. Étant donné le peu de temps dont le marquis disposait pour lui procurer ces vêtements, il a fait preuve de retenue dans ses commentaires. La chemise de dentelle confère à sa tenue une touche de classe, à condition de ne pas soulever le pan droit du manteau pour laisser voir une énorme tache de vin rouge, vestige d'une débauche quelconque. Heureusement, la température a baissé et il n'a pas l'intention de se départir de son manteau.

Ils ont quitté le domicile du marquis tôt ce matin après avoir laissé entendre que Monsieur Laurence allait conduire son père chez une parente. Olivier a mis son carrosse à leur disposition. Il a donné au cocher la consigne de les amener à un relais au nord de la ville, d'où ils trouveraient facilement un autre moyen de transport pour continuer leur voyage. Après le départ de ses invités, le marquis a fait seller son étalon favori. Sa première tâche a consisté à faire porter une lettre à un important relais de poste. Scellée à la cire aux armoiries de Besanceau, cette missive avertissait le majordome de François de son retour. La matinée était passablement entamée lorsqu'il a enfin rejoint François et Claude dans un coin désert du bois de Boulogne, chargé de vêtements usagés. Il leur a ensuite

   Bastille et dynamite

procuré une calèche vers une auberge sur la route de Saint-Malo. Après s'être restaurés, François et Claude ont repris leur voyage.

* *
*

— Penses-tu que ta lettre est arrivée avant nous ?

— Je présume que oui, puisque les grilles sont ouvertes.

Le carrosse s'engage dans la cour intérieure de l'hôtel et s'arrête à une vingtaine de pas de la porte. François hésite à bouger et contemple la façade de l'édifice qu'il trouve inaltérée. Cette pause suffit pour que Clément, son cocher, surgisse de derrière une colonne et accoure pour lui ouvrir la portière. François n'a plus d'autre choix que de sortir de la voiture.

— Permettez-moi, Monsieur le comte, de vous dire à quel point je suis heureux que vous soyez de nouveau parmi nous.

— Merci Clément. Je suis ravi d'être de retour. J'espère que tu vas bien et que...

Il perd le fil de ses pensées, car devant lui se sont rapidement alignés tous ses serviteurs, de la cuisinière à la soubrette, en passant par les garçons d'écurie. Ils se tiennent rigidement à l'attention, sourire aux lèvres. Son majordome occupe la dernière place de la rangée.

— Bienvenue Monsieur le comte, déclare Adolphe. J'aimerais vous exprimer, au nom de tous ici présents, notre profond soulagement de vous revoir sain et sauf.

Le serviteur s'étrangle pratiquement sur les derniers mots. Un coup d'œil rapide sur tous les visages fait remarquer à François que la réaction d'Adolphe n'est pas un cas isolé. Sa cuisinière essuie rapidement deux rigoles de larmes du revers de sa manche. Une boule se forme dans sa propre gorge. C'est donc avec difficulté qu'il tente de s'excuser.

– Je suis navré que mon départ précipité ait été interprété comme une disparition ou même une attaque contre ma personne, annonce-t-il à la ronde. Je n'ai appris qu'aujourd'hui que les lettres que j'ai écrites, il y a un an, pour expliquer notre voyage, n'ont jamais été reçues. Madame Tursaud, je suis sincèrement désolé.

La cuisinière, une dame corpulente dont les cheveux poivre et sel ne sont retenus qu'à grande peine sous un bonnet, le met à l'aise :

– Oh, Monsieur le comte, ne vous inquiétez pas de mes larmes. Je pleure de joie. Nous avons imaginé le pire, c'est tout. J'espère que Madame la comtesse se porte bien, elle aussi.

– Très bien, merci de votre intérêt. Ce qui me rappelle que j'ai une bonne nouvelle à vous annoncer. Madame la comtesse et moi-même sommes les heureux parents d'un fils, Olivier.

Et Madame Tursaud de sangloter de plus belle. Des exclamations de joie et de félicitations saluent cette déclaration. Il doit expliquer l'absence de Sophie à ses côtés par la difficulté de voyager avec un nouveau-né. Il en profite pour présenter Claude, ami de ses beaux-parents, à chacun de ses serviteurs. Il se félicite intérieurement de connaître chaque nom, un état de choses qui date de l'entrée de Sophie dans sa maisonnée, car auparavant, la différence de classe le laissait indifférent à leur individualité. L'instant d'après, il ordonne que ses sacs de voyage soient montés dans sa chambre et rangés, sans être ouverts.

Il émet le souhait de prendre un bain et demande qu'on invite le marquis de Neval à dîner, s'il est en ville. Ses instructions renvoient la cuisinière et ses aides à leurs fourneaux et plusieurs valets attiser des feux et transporter des seaux. Il se retire dans sa bibliothèque pour écrire des notes à Olivier, à Élyse et à certains autres de ses amis, qui lui en voudraient à mort de ne pas les avoir avertis.

Claude se voit assigner une somptueuse chambre d'amis au même étage que celle du comte. On lui offre les services exclusifs d'un valet. Il n'a que faire de quelqu'un qui l'aide à se vêtir, mais il apprécie l'expertise du serviteur à nouer un jabot. Lui-même sait tout juste attacher une cravate.

*   *

*

— Ah ! Te voilà, s'exclame Claude en ouvrant la porte de la bibliothèque plusieurs heures plus tard. C'est toute une résidence que tu possèdes. Je m'y suis presque perdu.

Il entre dans la pièce et ferme la porte derrière lui. Il voit le comte de profil, assis à un bureau, une plume entre les doigts.

— Je vois que tu as retrouvé tes anciens vêtements. Ce doit être réconfortant.

— …

– J'ai pris un bain moi aussi. Quand j'ai vu tout le travail que cela donnait à trois hommes, j'ai presque regretté de l'avoir demandé.

– …

– Tu as reçu tout un accueil. Ton personnel a beaucoup d'affection pour toi.

– …

– Dis donc, as-tu perdu ta langue ?

Claude va se planter directement en face de François, qui ne réagit pas. Il s'accroupit pour se mettre les yeux directement dans le regard du comte, qu'il trouve vacant.

– Quelque chose ne va pas ? s'inquiète-t-il.

François semble prendre conscience de la présence de son visiteur et lui demande, une expression de crainte au visage :

– Dis-moi qu'il existe vraiment un monde avec des autoroutes, des avions et Internet.

– Tu n'es pas sérieux ? s'écrie Claude, effaré.

– Ce n'est pas la réponse que j'espérais.

– Ai-je vraiment besoin d'aller chercher la tablette pour te montrer ta vie au 21e siècle, avec Sophie et ton fils ?

François secoue la tête, sort de sa transe et porte la main à son front pour le soutenir.

– Non, bien sûr. Je suis désolé. Je ne sais pas ce qui m'a pris. Me retrouver dans mes propres vêtements et dans ma propre bibliothèque m'a fait soudainement douter de la réalité de la dernière année. J'ai eu l'impression que mes expériences au 21e siècle n'étaient qu'un rêve. Tout ce décor me semble par trop réel, ajoute-t-il en balayant la pièce de la main.

– Dans mon cas, c'est plutôt le contraire. En me réveillant chaque matin, je dois rationaliser

   Bastille et dynamite

l'existence de ce qui m'entoure. Remarque... Je suis content de me réveiller tout court. Cela veut dire que l'ordinateur continue à garder mon existence en mémoire et à modifier mes expériences. N'empêche, je préférerais exister dans un espace-temps où il est possible d'obtenir un expresso.

François consent à sourire faiblement. Un cognement à la porte interrompt la conversation.

— Entrez, intime-t-il.

Le majordome fait son apparition.

— Pardonnez-moi de vous importuner, Monsieur le comte. Madame de Malthaud est ici pour vous voir. Je l'ai invitée à attendre dans le petit boudoir. Que devrais-je lui dire ?

— Madame de Malthaud ! Euh, dites-lui que je viendrai la rejoindre dans une minute.

Le majordome repart pour obéir à cette consigne.

— Comment a-t-elle su aussi rapidement que je suis de retour ? soliloque François.

— Ton compte Twitter, peut-être, suggère Claude.

François lui répond par un rire franc.

CHAPITRE 10

Péril à la cour

François retourne l'enveloppe dans ses mains sans oser en briser le sceau. Il a redouté tout particulièrement cette invitation. Une convocation déguisée. Une missive aux armes du roi. Jusqu'à présent, son séjour s'est passé sans trop d'incidents, s'il ne compte pas les prises de bec quotidiennes avec sa mère au sujet de sa décision d'utiliser la serre pour faire pousser des légumes plutôt que des fleurs. Depuis deux semaines, sa porte d'entrée a vu défiler une suite de connaissances et d'amis venus attester de sa résurrection. Il a servi d'invité d'honneur à plus d'un dîner. Il se sait la vedette de mille potins qui ont dû venir à l'oreille du roi, s'il en juge par cette lettre.

Accompagnée cette fois par Nicolas, Élyse est venue assouvir sa curiosité. Elle n'était pas mécontente du contretemps qui oblige le mari de Sophie à demeurer au Siècle des lumières. Au fil des rencontres sociales, François a dû tolérer la présence de Saint-Honoré, qui s'est excusé de ses accusations sans fondement. Il doute encore de la sincérité de son repentir, mais y voit l'influence d'Élyse sur son fiancé. Lorsqu'il a tenté délicatement de souligner à cette dernière le manque d'ouverture d'esprit de son futur mari, la jeune femme a rappelé à son souvenir un certain royaliste qui, devant un échiquier, s'offusquait des nouvelles idées avancées par sa partenaire. Que de changements dans sa perception de son siècle, depuis ses premières conversations avec Sophie devant le plateau à carreaux. Face aux questions concernant l'endroit où il a passé la dernière année, il est demeuré vague et a réussi, le plus souvent, à détourner le sujet de conversation en feignant de s'intéresser aux tribulations de son interlocuteur depuis leur dernière rencontre.

Passant son ongle sous le sceau, il se décide à prendre connaissance du message. Pas de surprise. Dans un langage fleuri, il est convié à une réception en l'honneur de l'ambassadeur autrichien, dans deux jours, à Versailles. À moins d'être sur son lit de mort, il lui sera impossible de se défiler. Surtout que l'invitation vient spécifiquement de la maison du roi.

*   *

*

Il tente de faire coïncider son entrée dans le Salon de la paix avec un afflux d'invités, pour passer le plus possible inaperçu. Peine perdue. Son titre et son nom, annoncés à pleine voix par le portier, déclenchent un diminuendo dans les conversations et des regards furtifs dans sa direction. Il fait comme s'il n'avait rien remarqué et se dirige tout de suite vers le roi, pour lui faire la révérence de rigueur. Il espère que Sa Majesté n'interrompra sa conversation avec le marquis de Morangles, le chancelier de France, que le temps de lui signifier, d'un mouvement quasi-imperceptible de la tête, qu'il lui est permis de rejoindre la foule des courtisans. Malheureusement, Louis XV s'exclame en le voyant :

— Si ce n'est pas ici notre cher ressuscité ! Vous avez créé bien de l'émoi en disparaissant et en réapparaissant de la sorte, Monsieur le comte.

— Votre Majesté me flatte en me laissant croire que mon absence a été remarquée.

— Voilà bien une façon détournée de chercher des compliments. Votre jeunesse et votre prestance constituaient un ornement essentiel de notre cour. Elles ont par trop longtemps manqué à ces illustres lieux. Nous avions d'ailleurs noté votre absence bien avant votre si brusque voyage. Il semblerait que les attraits de la vie conjugale vous aient gardé loin de nous. Sur ce point, j'ai été avisé que des félicitations étaient de mise. Comment se portent votre épouse et votre héritier ?

— Sire, ils étaient en parfaite santé lorsque je les ai quittés. Je remercie Votre Majesté de sa sollicitude.

— Monsieur de Maupeou, marquis de Morangles, me racontait justement une anecdote à propos de votre épouse. Il semblerait qu'elle soit une pianiste aux talents inédits.

— Vous me voyez perplexe, Sire. Comment Monsieur de Maupeou en est-il venu à pareille conclusion ?

Le chancelier, qui attendait patiemment cette introduction de sa personne pour prendre la parole, salue le comte avec effusion :

— Mon cher Besanceau, je n'ai jamais eu la bonne fortune d'entendre Madame la comtesse jouer du piano, mais à une soirée donnée par Madame de Malthaud, je me souviens que notre hôtesse se vantait que, la veille, elle avait convaincu votre épouse de donner un concert impromptu dans votre salon, pour étrenner l'instrument dont vous veniez de lui faire cadeau. Elle disait savoir que votre épouse interprétait des morceaux insolites, inconnus de notre entourage. Nous soupçonnons tous que Madame de Malthaud détenait ses informations d'une camériste loquace, qui cultive les amitiés de plusieurs de nos domestiques.

Le marquis sourit avec fatuité avant de continuer :

— Madame de Malthaud ne s'est pas répandue en louanges sur votre épouse, je dois le dire. Elle a avoué avoir entendu plusieurs fausses notes et une certaine irrégularité dans le rythme. Cependant, elle a été particulièrement ravie par une pièce que Madame la comtesse aurait composée pour Élyse de Charenton, son amie. Je vois à votre expression que vous savez de quoi je parle.

— Pour Élyse, en effet. Je crois qu'il s'agit d'un de mes morceaux favoris.

« J'ose espérer que Ludwig Van Beethoven n'en voudra pas à Sophie d'avoir emprunté une de ses compositions les plus fameuses. »

— Un de vos favoris dites-vous, s'exclame le roi. Nous devrons insister auprès de Madame la comtesse pour qu'elle veuille bien nous l'interpréter. Nous déplorons de tout cœur son absence ce soir. Au fait, cher Comte, pourquoi ne nous fait-elle pas l'honneur de sa compagnie ?

« Pourquoi me pose-t-il la question ? Il sait sûrement que Sophie n'est pas revenue avec moi, puisqu'elle n'a pas été invitée à cette soirée. »

— Madame la comtesse a dû prolonger sa visite chez ses parents, dit tout haut François, en s'inclinant respectueusement.

— Pouvez-vous me rappeler les noms de ses parents ? Je souffre sans doute d'un trou de mémoire.

— Sire, vous ne sauriez nous accorder la faveur de vous souvenir de Monsieur et Madame Jean-Paul de Mouchel.

— Noblesse d'épée ou de robe ?

Inutile de mentir, il serait par trop facile au roi de vérifier ses dires.

— Ni l'une ni l'autre, Monseigneur le Roi. Mes beaux-parents ne se réclament d'aucun titre de noblesse.

— Vraiment ! N'avez-vous pas un peu perdu la tête en vous mariant à une bourgeoise, mon cher Comte de Besanceau ?

— Votre Majesté, je n'y ai perdu que mon cœur.

Avec un peu de chance, le roi le bannira de Versailles pour s'être marié hors de sa classe.

— Ah, Monsieur le comte, que vous voilà galant ! Nous comprenons parfaitement que vous soyez un favori des dames. Votre épouse doit être une femme exceptionnelle pour que votre mère ait consenti à ce que vous l'épousiez avant votre majorité.

« Pas sans que je la menace de lui couper les fonds. »

— Elle l'est en effet, Sire, je vous sais gré de le souligner.

– Quand pouvons-nous espérer son retour parmi nous ?

– Je compte repartir bientôt, Sire, pour aller la chercher, puisque Madame la comtesse se trouve présentement outremer, Votre Majesté me pardonnera de ne pouvoir la lui ramener avant trois mois à un an.

– Madame la comtesse séjourne donc dans une de nos colonies ou dans un autre lieu soumis à notre Couronne ?

« Et voilà, cela recommence. »

– Ni l'un ni l'autre, Votre Majesté, mais je crains que l'explication ne vous retienne trop longtemps. Vous me voyez confus du privilège que vous m'accordez en vous intéressant de si près à mon humble famille. Puis-je me permettre de m'enquérir de la santé de Votre Majesté ?

– Devons-nous donc comprendre que vos beaux-parents résident dans une colonie étrangère ?

– Non Sire, ils vivent sur une île qui, autant que j'en puisse juger, n'a jamais été colonisée. Je vous prie d'excuser mon ignorance du statut de cette région éloignée, où je n'ai mis le pied que pour être présenté à ma belle-famille. Puis-je espérer que Mesdames[1], elles aussi, se portent bien ?

– Où se trouve cette île ?

– Quelque part dans les Antilles, Votre Altesse. Puis-je...

– Pouvez-vous être plus spécifique ?

– Malheureusement, Monseigneur, je n'ai pas en mémoire les coordonnées exactes. Les lieux n'apparaissent sur aucune carte, je le crains.

---

1. Nom donné aux filles célibataires de Louis XV.

Soucieux de l'état de mon épouse, je n'ai pas vraiment fait attention au trajet que le navire a suivi.

– Comment ? Vous, un officier de marine, auriez laissé votre famille en des lieux pratiquement inconnus de notre cour ?

– Plus maintenant, Votre Altesse. J'ai vendu ma commission, avec la permission de Votre Majesté.

– Quand même ! Je ne peux pas croire que vous ne vous êtes pas attaché à savoir exactement où vous vous trouviez.

– Mon épouse a souffert affreusement du mal de mer et j'ai passé la plupart de mon temps à son chevet.

– Où avez-vous fait escale ?

– Il n'y a pas eu d'escale, Sire.

– Ah ! Cette île possède donc un port d'une profondeur suffisante pour accueillir des vaisseaux capables de traverser l'Atlantique. Très intéressant !

François a le mauvais pressentiment que le roi ne démordra pas de ce sujet de conversation.

– Mais dites-nous, si vous ne savez pas où se trouve cette île, comment comptez-vous y retourner pour chercher votre épouse ?

– Sire, j'attends un message qui m'indiquera le nom du prochain bateau qui y fera escale et le port que je dois rejoindre pour m'embarquer.

– Quel était le nom du navire qui vous y a amené la première fois ?

Cachant de son mieux la moquerie de sa réponse, François s'amuse à dire :

– Le *Black Pearl* sous la direction du capitaine Jack Sparrow, Monseigneur. Au retour, j'ai emprunté *L'Entreprise*, dont le capitaine se nommait James T. Kirk.

— Deux vaisseaux anglais, je présume. N'est-ce pas vous montrer téméraire que de vous mettre ainsi à la merci des Anglais ?

— Nous ne sommes plus en guerre contre l'Angleterre, Majesté.

— Un état de choses qui ne risque pas de s'éterniser. Comment se fait-il que la couronne anglaise connaisse l'existence de cette île et ne l'ait jamais conquise ?

— Il s'agissait de navires marchands, Votre Altesse. La marine britannique ne se soucie pas toujours, apparemment, de la destination des vaisseaux qui ne font pas partie de sa flotte.

— À votre avis, pourquoi est-ce que cette île n'a pas encore été colonisée ?

— Parce qu'elle est insignifiante, Votre Majesté, juste assez grande pour subvenir aux besoins de sa population, composée d'une centaine d'Européens issus de plusieurs pays et peut-être autant d'Indigènes.

— Permettez-nous de vous contredire, Besanceau. Une île avec un havre profond et une source d'esclaves, à proximité de nos champs de canne à sucre et de café de la Martinique et de Saint-Domingue, possède définitivement quelques attraits. Depuis le traité de Paris, il y a sept ans, notre influence en sol américain s'est vue bien diminuée. Il serait peut-être sage de ne mépriser aucun sol non réclamé. Comment évalueriez-vous ses défenses ?

François sent ses mains se glacer d'effroi.

— Je ne suis pas certain de bien comprendre Votre Majesté.

– Voyons Monsieur le comte, nous ne saurions être plus clairs. S'il nous venait à l'idée d'assujettir cette île à notre contrôle, à quelle sorte d'opposition aurions-nous affaire ?

François espère avoir dissimulé à temps l'expression d'horreur que ses traits ont failli refléter. Il s'indigne intérieurement du sort envisagé pour son île fictive, son oasis de la démocratie.

– La population s'élèverait contre une telle invasion, proteste-t-il faiblement.

– Nous pourrions récompenser la population de son allégeance, par exemple, en offrant un titre de noblesse pour légitimer tout nom à résonnance ambiguë. À votre prochaine visite, vous prendrez des notes détaillées des moyens de défense et établirez la liste de nos appuis. En prenant soin, avant votre départ, de vous munir d'instruments de navigation, vous déterminerez la position de cette île pour éventuellement y guider des frégates à nos ordres. Après tout, si nous n'agissons pas, une autre nation prendra les devants et votre belle-famille se retrouvera sous domination étrangère. Nous ferons part de notre conversation à notre secrétaire d'État aux Affaires étrangères pour la Guerre et la Marine, le duc de Choiseul. Il établira avec vous un plan d'action.

Avec l'impression qu'un acide puissant lui écorche la gorge, François réussit à prononcer la formule d'usage :

– Je suis bien sûr au service de Votre Majesté.

*   *
*

– Vous avez raison, Monsieur de Soissans. Ce voyage du comte de Besanceau est des plus suspects. Nous ne serions pas surpris que cette île de nulle part abrite un repaire de pirates ou de contrebandiers. D'ailleurs, Monsieur de Sartine nous informait récemment qu'un puissant réseau de contrebandiers lui donne du fil à retordre. Nos coffres sont trop vides pour qu'on laisse une telle organisation nous voler impunément. Depuis l'Acte de Dieu, le désordre et l'insubordination semblent prévaloir partout dans le royaume. Nous devons remédier à la situation et imposer notre loi à tous les niveaux.

Le roi se laisse un temps pour réfléchir avant de continuer :

– Pour le moment, accordons au comte le bénéfice du doute et espérons qu'il n'est pas lui-même engagé dans des activités illégales. Peut-être que l'amour l'aveugle quant aux affiliations de ses beaux-parents. Quoi qu'il en soit, nous vous demandons, en notre nom, d'aller faire part de vos doutes à Monsieur de Sartine. Le lieutenant général de police trouvera moyen de faire surveiller les allées et venues de notre beau comte et des gens qu'il rencontre.

– Permettez-moi d'annoncer à Votre Majesté que j'ai devancé ses désirs et que j'ai déjà mis en position des hommes de confiance.

– Avez-vous appris quoi que ce soit de nouveau par ce procédé ?

– Seulement que Monsieur le comte a de bien étranges comportements. Une nuit, il est allé marcher de façon désordonnée dans un champ. Mon espion m'assure que le comte n'a pas rencontré âme qui vive ce soir-là et que s'il cherchait quelque chose par terre, il ne l'a pas trouvé.

— Étrange en effet. Peut-être souffrait-t-il d'insomnie et pensait-il qu'une promenade au clair de lune lui serait salutaire ?

— Il semble en effet que Monsieur le comte ait des difficultés à dormir. Plusieurs de ses serviteurs l'entendent, me rapporte-on, marcher dans sa chambre jusqu'aux petites heures de la nuit. Sans compter, Sire, le mystère de l'oiseau des colonies anglaises d'Amérique, dont mes sources ont eu vent.

— Que voulez-vous dire ? Quel mystère ?

— Depuis son retour, Monsieur le comte a entrepris des démarches pour acquérir une sorte de pigeon d'outremer, que Votre Altesse garde dans sa ménagerie.

— Qu'est-ce que cet oiseau a de si spécial ?

— Il n'est pas particulièrement beau et on le dit très commun dans les colonies. En fait, il ne se distingue que par son abondance. Il s'agit pratiquement d'une peste, mais pour laquelle Monsieur le comte est prêt à débourser 1 500 écus.

L'énormité de la somme fait sourciller le roi.

— Pour un volatile laid et commun ?

— Je ne peux pas m'empêcher de penser, Votre Altesse, que l'achat de cet oiseau constitue une des raisons principales du retour de Besanceau. Il y met trop d'efforts.

— Vous dites des sornettes, Soissans. Pourquoi viendrait-il des Antilles jusqu'à Paris, chercher un oiseau qui se trouve en Amérique ?

— Je n'en ai pas la moindre idée, mais s'il peut entrer en possession de cet oiseau, il voudra le transporter avec lui. Flanqué d'une cage et d'une bestiole bruyante, il ne pourra pas rejoindre la côte sans se faire remarquer et nous pourrons le suivre facilement.

— A-t-il réussi à soudoyer qui que ce soit travaillant à la ménagerie ?

— Non, il n'y a aucune disposition autorisant quiconque à vendre les habitants exotiques de votre ménagerie. Personne n'oserait.

— Combien possédons-nous de ces oiseaux ?

— Deux, je crois.

— Si vous croyez que le comte n'attend que cet oiseau pour repartir, alors peut-être devrait-on lui faciliter la chose ? Après tout, 1 500 écus dans nos coffres ne sont pas à dédaigner. Nous allons discrètement autoriser cette transaction.

— J'admire la sagesse de Votre Majesté.

Le marquis salue bien bas son monarque et retourne à l'anonymat des foules.

* *
*

— En route vers la salle de contrôle pour lire ton message quotidien de François ? demande Dolores, en accordant son pas à celui de Sophie.

— Oui, ses messages sont devenus une bouée de sauvetage pour moi. J'aime savoir comment il a passé ses journées. Cela me donne l'impression d'être un peu avec lui. J'aimerais pouvoir faire de même, mais à moins d'un transfert, pas moyen de communiquer avec lui.

— Même si Mike a finalement réglé le problème de déviation, ce serait dangereux. D'ailleurs, trop de transferts risqueraient d'attirer l'attention des gens qui vivent près de l'allée de l'Aveugle. Prends

    Bastille et dynamite

patience, nous prévoyons ramener François et Claude dans trois jours. Ils ont réussi à acheter une tourte, n'est-ce pas splendide ? Les laboratoires sont en bonne voie de fabriquer un vaccin à partir du sang prélevé au début de la mission, mais avoir un oiseau porteur sous la main va garantir le résultat de cette entreprise. Bien que retardée d'un mois, cette mission aura donc été un succès.

— Je ne considérerai cette mission un succès que lorsque François sera dans mes bras, sain et sauf. Entre-temps, je suis terrorisée à l'idée qu'autre chose aille de travers.

— En attendant, il ne te reste que trois messages à recevoir. Ils peuvent être tellement romantiques. J'ai particulièrement aimé celui où, vers minuit, il est allé marcher dans ce qui devait être un grand champ. Sachant que ses allées et venues restent affichées toute la journée sur le panneau de la salle de contrôle et que deux points clignotants pratiquement superposés indiquent où il se trouve à un instant donné, il a guidé ses pas d'ouest en est pour t'écrire un billet doux. Combien étrange cela a dû paraître à quiconque l'aurait vu, en train de marcher en rond pour former des lettres dans un champ au milieu de la nuit !

— J'ai moi aussi particulièrement aimé ce message-là, quoique ses lettres d'amour aient le désavantage de ne pas être très privées. Même écrites en français, elles finissent par être lues par tout le personnel américain du centre de recherche.

Dolores laisse échapper un petit rire.

— Ce n'était pas évident au début ! On attendait un message en morse… Au moins, ça nous a changés de la routine. Une chance que nous avions établi que ces communications se feraient à minuit, leur minuit, sinon nous aurions passé notre temps à essayer de déchiffrer des messages secrets dans le moindre de leurs mouvements.

Les deux femmes atteignent finalement la salle de contrôle. Sophie sait qu'il est encore trop tôt pour recevoir le mot de François, mais elle se contentera, pour le moment, de suivre les péripéties des deux repères lumineux qui indiquent sa position. Elle en est venue à pratiquement confondre le clignotement des petites lumières colorées avec les battements du cœur de son amoureux.

Dès leur entrée, Doug, le technicien chargé des consoles ce soir-là, les accueille.

– Bonsoir Sophie. Tu dois être bien excitée à l'idée de revoir ton mari dans quelques jours, n'est-ce pas ?

– Il n'y a pas vraiment de mots pour le dire.

– Je suis certain qu'il en est de même pour lui. En attendant, il en profite. Hier, il était à l'hippodrome. Ce soir, je crois qu'il soupe dans un restaurant, près de l'opéra.

Sophie lève les yeux vers le large panneau d'affichage et découvre en effet les points lumineux symbolisant la position de François, à gauche du mot opéra sur la carte. Elle fronce les sourcils en voyant les caractères typographiques de cette annotation. Un coup d'œil sur l'ensemble du tableau lui arrache un cri :

– Eh ! Pourquoi utilises-tu une carte moderne en arrière-plan ?

– Oh, ça ! Peter compte aller en vacances à Paris dans un mois et me demandait des suggestions d'hôtels. J'ai utilisé le panneau pour lui montrer l'endroit où je suis resté l'an dernier. Et puis, j'en ai marre de ces cartes historiques, tellement peu précises. Je déteste, lorsque François ou Claude emprunte le pont Neuf, les voir flotter au-dessus de l'eau, un mètre à côté du pont. Après tout, les bâtiments importants qu'ils fréquentent n'ont pas changé de place.

— Libre à toi, Doug. N'empêche que je ne sais pas ce que François va faire dans ce coin de la ville. Je ne me souviens d'aucune maison d'opéra ou de théâtre dans ces parages. Lorsque je suis allée à l'opéra avec François, c'était au château des Tuileries. Il était à ce moment-là question de reconstruire une salle d'opéra au palais royal, près du Louvre. Bref, je ne vois pas...

Son œil s'égare vers le nom de la place publique où se trouve François et son cœur chavire.

— Oh non ! Vite, change cette carte, remets celle de l'époque.

En un clin d'œil, le faubourg Saint-Antoine s'éclaircit, le boulevard Henri IV et le bâtiment de l'opéra disparaissent. En proéminence, se distingue maintenant un gigantesque édifice suffisamment important pour qu'en soient dessinés les contours. De forme essentiellement rectangulaire avec quatre tours qui arrondissent les coins, le bâtiment possède quatre autres tours qui brisent les longueurs du rectangle. Les points de position de François sautillent à l'intérieur de cet édifice.

— François ne va pas à l'opéra, s'écrie Sophie avec effroi. Il est à l'intérieur de la Bastille. Il est en prison.

CHAPITRE 11

Le complot

L'intérieur du carrosse est plongé dans une obscurité totale. François a eu tout juste le temps de distinguer les bancs de bois parallèles, avant que la portière ne se referme sur lui. À tâtons, il découvre les grilles aux fenêtres garnies de volets, qui ne s'ouvrent que de l'extérieur. La portière dénuée de poignée est résolument verrouillée. Le véhicule ne tarde pas à s'ébranler. Le comte se doute bien de sa destination.

Les quatre soldats ont surgi dans sa salle à manger sans crier gare, après avoir bousculé son majordome. À sa table étaient assis Olivier, Nicolas, Claude, Élyse et l'inévitable Lysandre. Le sergent a demandé qui d'entre eux était le comte de Besanceau. Une fois qu'il s'est identifié, deux des militaires l'ont empoigné par les avant-bras, avec l'intention visible de l'entraîner hors de la pièce, pendant que le plus haut gradé déclarait être en possession d'un mandat d'amener. Lorsque François a insisté avec véhémence pour connaître la raison de cette arrestation, l'un des subalternes l'a frappé vicieusement au visage. Tous ses convives, d'un commun accord, se sont alors levés de leur siège pour intervenir. Les soldats les ont mis en joue et le sergent les a avertis que quiconque s'opposerait aux militaires serait également arrêté. Lysandre a pris Élyse dans ses bras, tant pour l'empêcher d'avancer que pour s'interposer entre les fusils et sa fiancée. François a dû conseiller le calme à ses invités, en tentant de les rassurer qu'il s'agissait sûrement d'une erreur.

La vue du fourgon noir devant son hôtel a déclenché en lui une avalanche d'appréhensions, alimentées par les récits d'horreur autrefois racontés à voix basse. Des arrestations furtives pendant la nuit, des carrosses anonymes, des lettres de cachet condamnant un homme à l'emprisonnement sans procès. La Bastille, symbole de l'arbitraire royal. Qu'a-t-il fait pour s'attirer le courroux de son souverain ? Leur conversation récente a-t-elle ébranlé la confiance du monarque ? Peut-être sa mère a-t-elle pétitionné en faveur de son emprisonnement ? Après tout, l'histoire a établi que, contrairement à la rhétorique révolutionnaire, les lettres de cachet vers la fin de l'ancien régime servaient souvent à faire emprisonner un individu dont la famille craignait les débordements. Lors de la prise de la Bastille, les sept prisonniers résidents comptaient deux fous et un pervers sexuel. Ses comportements inusités ont-ils donné des munitions à sa mère ? Et ce, trois jours avant son retour dans son siècle d'adoption. Quelle malchance ! Quel infortuné détour du destin ! Il touche délicatement le haut de sa joue, qui commence à enfler. Il ne sera pas surpris si elle prend une couleur bleutée.

Enfin, la voiture s'arrête et on lui ordonne d'en sortir. Il s'attarde sur le marchepied pour regarder autour de lui. À sa gauche, il aperçoit une allée qui se termine au pont-levis qui sert d'entrée à la Bastille, celui qu'un bon nombre de prisonniers n'ont traversé qu'une seule fois de leur vivant. Un faible espoir tente de percer son anxiété. Il se trouve toujours à l'extérieur de la forteresse infâme et hors des murs qui délimitent les fossés, eux-mêmes autour de la prison. Peut-être n'est-elle pas sa destination après tout ?

Son soulagement s'avère de courte durée lorsqu'il reconnaît l'édifice à sa droite, vers lequel on l'entraîne sans ménagement : le domicile du gouverneur de la Bastille, le marquis de Soissans[1].

*   *

*

— Depuis quand est-il à la Bastille ? demande Sophie.

— D'après nos données, François aurait quitté son hôtel vers neuf heures et demie, heure locale. Moins d'une heure plus tard, il entre à la Bastille, ou du moins ses sondes y entrent. Leurs signaux proviennent d'une section de la prison réservée aux archives, détail réconfortant étant donné que les cellules des prisonniers se trouvent dans les tours. Cependant, leurs positions sont anormalement constantes. Sa bague et la croix de son collier demeurent à cinq millimètres l'un de l'autre, sans bouger.

---

1. Le marquis de Soissans est un personnage fictif. Le véritable gouverneur de la Bastille entre 1761 et 1776 était Antoine-Joseph, comte de Jumilhac.

— Bref, il ne les porte pas. Sachant pertinemment que ces objets contiennent les sondes, François ne s'en serait jamais départi. Il y a donc été forcé. On l'aura dépouillé de ses bijoux. Nous ne savons donc plus où il se trouve.

— Hélas, probablement quelque part dans la Bastille.

— Où est Claude ?

— Toujours à l'hôtel de François. Dans quelques minutes, il nous enverra son message de la journée. Je suis certain qu'il va pouvoir nous éclairer.

*   *

*

Il faut qu'il s'échappe avant qu'il ne soit trop tard. Cet arrêt à la maison du gouverneur n'est qu'une étape avant qu'on l'enferme dans la Bastille. Rien de bon ne peut venir d'une rencontre avec son futur meurtrier. La place sur laquelle il se trouve fourmille de sentinelles et de patrouilles et sert de cul-de-sac à une autre rue, perpendiculaire à celle qui conduit à l'entrée de la Bastille. Dans cette direction, il entrevoit un autre pont-levis, dit de l'Avancé, doté d'un poste de gardes. Il sait, pour avoir joué au touriste avec Sophie au début de leurs amours, qu'au-delà de ce pont, l'allée est bordée de boutiques et de casernes et aboutit à la rue Saint Antoine, par une porte surmontée d'un magasin d'armes. Même s'il pouvait se débarrasser des deux gardes qui retiennent ses avant-bras comme dans des étaux, il ne voit pas comment il atteindrait le pont-levis sans se faire abattre

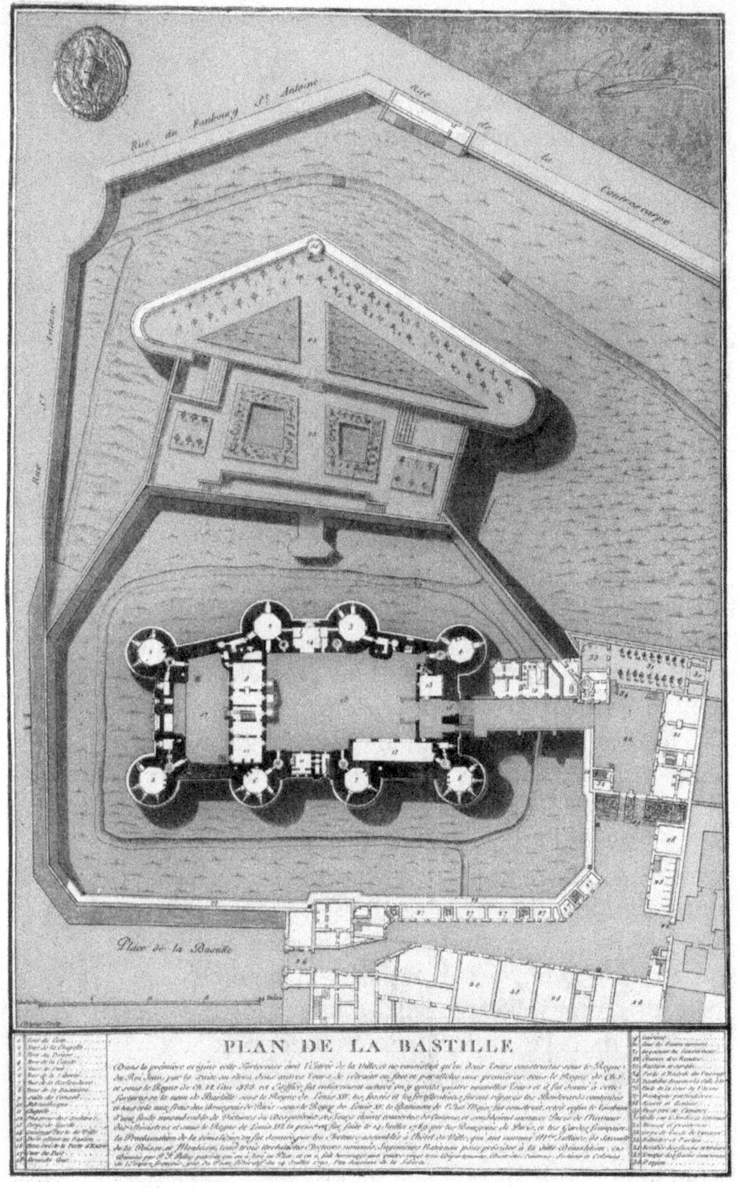

« *La Bastille : plan dressé par Palloy et offert par lui à l'Assemblée constituante pour les archives de la Nation / héliog. DUJARDIN ; imp. CHARDON-WITTMANN. - Paris : Impr. nationale, 1893.* » (Bibliothèque numérique Enap) (Le nord pointe vers la gauche)

comme un chien. La mort dans l'âme, il se laisse conduire vers la maison de son ennemi.

Après l'avoir fait attendre dans une antichambre sobre, on le force à entrer dans une pièce nettement conçue pour l'exercice des fonctions du gouverneur. Un énorme pupitre trône devant une bibliothèque. Une chaise rembourrée se trouve derrière le meuble. Aucun autre siège ne lui fait face, obligeant les visiteurs à rester debout. Les rideaux sont tirés. Les portes épaisses ne laisseront échapper aucun son vers le reste de la maisonnée qui comprend, dit-on, des salons et une salle à manger luxueusement décorés.

Escorté par ses deux gardes, François attend un long moment que le gouverneur daigne faire son apparition. Une porte sur le côté, ouverte et refermée par un laquais, admet finalement le marquis dans son domaine. Habillé avec élégance, il semble avoir été arraché à une fonction mondaine. Son tour de taille et la couleur de ses dents attestent d'une affinité pour les pâtisseries. La moitié droite de son visage porte les vestiges d'une attaque de petite vérole. Le marquis va directement s'asseoir derrière son bureau avant d'accorder son attention au prisonnier.

– Monsieur le comte, que vois-je ? Là, près de votre œil ? Que s'est-il passé ? Auriez-vous, par hasard, commis l'erreur de vous opposer à mes hommes dans l'exercice de leurs fonctions ?

– Nullement, ils semblaient enclins à la violence sans aucune provocation de ma part. Je proteste contre le traitement que j'ai reçu. J'ignore complètement le motif de cette arrestation. J'exige une explication.

– Vous êtes accusé de comploter pour assassiner le roi.

L'expression de surprise totale que revêtent immédiatement les traits de François n'est pas feinte et il ne tarde pas à réagir avec outrage.

– C'est ridicule. Je n'ai jamais, au grand jamais, comploté contre le roi. Comment diable pouvez-vous même imaginer une telle absurdité ?

– Malheureusement pour vous, nous avons un témoin qui jure avoir écouté une conversation que vous avez tenue avec un homme connu sous le nom d'Alphonse Bellard, mais né Alphonse Damiens, un neveu du célèbre régicide Robert Damiens[2]. Sa famille a été exilée après le procès et la condamnation de son oncle, mais il est revenu en France sous un nom d'emprunt. Allez-vous nier avoir rencontré cet homme ?

François sent un frisson désagréable lui parcourir l'épine dorsale à ce souvenir. Y aurait-il vraiment eu un témoin de leur conversation, aux Italiens ? Il choisit d'admettre lui avoir été présenté quelques jours avant le spectacle.

– J'ai fait la connaissance d'un Monsieur Alphonse Bellard à une soirée du baron d'Holbach, confirme-t-il prudemment, d'autant plus qu'au moins une vingtaine d'hommes peuvent attester de cette rencontre.

– Ah oui ! Cette soirée philosophique avec les encyclopédistes où, avec éloquence, vous avez défendu la cause anti-esclavagiste, sachant bien

---

2. Robert-François Damiens (1715-1757), condamné au supplice de l'écartèlement pour avoir tenté d'assassiner le roi Louis XV le 5 janvier 1757. Alphonse Damiens, par contre, est un personnage fictif.

que le roi ne désapprouve point la traite lucrative entre ses colonies d'outremer et l'Afrique.

— Je ne suis pas le seul de ses sujets à dénoncer l'esclavage.

— Je vous le concède. Toutefois, n'est-il pas un peu hypocrite de votre part d'avoir aussi discuté avec le duc de Choiseul de la façon de disposer de la population indigène d'une île qu'habite votre belle-famille, au cas où cette population n'approuverait pas notre gouvernance.

— Comment êtes-vous au courant de ces discussions secrètes ? Le roi lui-même en est l'instigateur.

— Pas si secrètes, puisqu'un complice de Monsieur Alphonse Damiens en a eu vent et a remarqué à quel point vous montriez peu d'enthousiasme pour la chose. Vous étiez constamment à la tâche de convaincre le duc de la futilité d'attaquer un territoire aussi insignifiant. Vos réticences ont amené les comploteurs à espérer que vous étiez un des leurs. Que vous seriez une bonne recrue à leur cause, soit l'abolition de la monarchie en commençant par le meurtre du roi lui-même.

— Jamais je ne me rallierais à une telle cause, moi, un fidèle sujet de Sa Majesté. Ils ne peuvent sûrement pas se vanter de m'avoir enrôlé.

— Vraiment ? N'avez-vous jamais dit que, de par votre expérience, un pays sans roi fonctionne très bien.

François ne peut se rappeler à qui il aurait dit une chose aussi imprudente. À cet instant précis, la porte derrière lui s'ouvre précipitamment et Monsieur Saint-Honoré s'engouffre dans la pièce en s'exclamant :

— Charles, il me faut absolument vous parl…

Lysandre laisse la phrase en suspens, alors qu'il prend conscience des occupants de la pièce. Il remarque tout de suite l'énorme ecchymose à la tempe du comte.

Le gouverneur s'est levé de son siège et regarde sévèrement son cousin.

— Lysandre, vous ne pouvez pas entrer sans autorisation. Ne voyez-vous pas que je suis occupé ?

Le jeune homme recouvre la parole :

— C'est justement ce dont je veux vous parler. Cette arrestation ne peut être qu'une horrible erreur. Il n'existe rien contre Monsieur le comte qui justifie un tel traitement.

Le gouverneur émet un rire qui laisse un rictus sur son visage.

— Quelle ironie ! De toutes les personnes desquelles m'attendre à un tel énoncé, que ce soit vous, Lysandre, qui le prononciez !

Le marquis revient à son prisonnier :

— Car voyez-vous, Monsieur le comte, Saint-Honoré est celui-là même qui, selon mes instructions, a surveillé vos paroles et vos gestes pendant le dernier mois, me rapportant toute activité suspecte. Il était derrière le rideau de votre loge, aux Italiens, quand Alphonse Damiens est venu vous proposer son complot pendant l'entracte.

François foudroie Lysandre du regard et tente un mouvement en direction du traître, ce qui ne fait que resserrer l'emprise des gardes sur ses bras. Avec tout le mépris qu'il peut sommer, il crache entre ses dents :

— Et dire que je vous accueillais sous mon toit de bonne foi, vous, un perfide espion. J'espère de tout mon cœur qu'Élyse découvrira quel genre d'homme vous êtes avant qu'il ne soit trop tard.

Lysandre blêmit sous l'accusation.

— Ne me jugez pas si vite. Oui, j'ai entendu votre conversation avec Monsieur Damiens. J'ai rapporté combien vous aviez tenté de le dissuader de ses intentions meurtrières en lui rappelant les horribles supplices que son oncle avait subis lors de son exécution : le tranchement de son poignet, la torture des tenailles, l'écartèlement puis le bûcher. Le tout orchestré par le bourreau de telle façon que le malheureux ne mourrait que sur le bûcher. J'ai rapporté que vous aviez refusé de participer à son complot, comment vous avez essayé de le raisonner en disant que le roi se faisait vieux et que sûrement il allait mourir de causes naturelles. Je leur ai dit combien vous étiez convaincu d'avoir réussi à dissuader Monsieur Damiens de ces projets régicides.

« Pas vraiment, se remémore François. Pas après qu'il m'eut dit qu'il considérait le brusque revirement des saisons comme un signe de Dieu, en représailles pour l'amoralité du roi. Que, en réaction au risque de famine, le roi avait montré ses vraies couleurs en faisant garder par ses troupes toutes les réserves de grain et de nourriture. Pour que les siens et l'aristocratie ne manquent de rien, laissant le peuple survivre comme il pouvait. »

— Donc, vous voyez, cher cousin, continue Lysandre à l'intention du gouverneur. Je suis témoin que Monsieur le comte de Besanceau n'a jamais eu l'intention de s'en prendre au roi, qu'il lui est au contraire des plus dévoué.

— C'est là où vous faites erreur, Saint-Honoré. Contrairement à vous, qui êtes venu tout de suite informer les autorités, c'est-à-dire moi, que des éléments subversifs arboraient des intentions criminelles, Monsieur le comte n'a rien dit et par ce fait même est devenu leur complice.

François ferme brièvement les yeux à l'annonce de ce verdict et laisse le découragement l'envahir.

— Mais, Monsieur le comte est innocent! affirme Lysandre.

— C'est ce que la question nous permettra d'établir.

« La question! Un euphémisme pour le mot torture », comprend François avec épouvante.

Il se force à respirer pour maîtriser l'effroi qui s'empare de lui. L'air satisfait du gouverneur le fait se redresser. Il ne veut pas lui donner le plaisir de le voir trembler.

— Charles, vous n'y pensez pas! proteste Lysandre. Le roi ne peut être d'accord avec un tel traitement.

— Lysandre, reprenez-vous. Qui croyez-vous a signé la lettre de cachet qui ordonne l'emprisonnement de Monsieur le comte? Je vous suggère d'oublier tout cela et je vous remercie pour votre collaboration. Amenez le prisonnier à la Bastille. Monsieur Sanson l'attend, termine-t-il à l'intention des gardes.

Lysandre échange un dernier regard avec François. Il peut y lire le dégoût que le prisonnier ressent pour lui. Il tente faiblement de se justifier :

— Je n'ai jamais imaginé que ceci pourrait arriver.

François ne daigne même pas lui répondre et se laisse entraîner hors de la pièce. Un long silence suit son départ.

— Que vais-je dire à Élyse ? dit Lysandre après un moment.

— Pourquoi lui dire quoi que ce soit ? Elle n'a pas besoin de connaître votre rôle dans cette arrestation. Je ne vais pas l'en informer et Monsieur le comte n'aura aucun moyen de communiquer avec ses amis.

— Je lui ai promis d'intercéder auprès de vous pour la libération de Monsieur de Besanceau.

— Peut-être pouvons-nous tirer avantage de la confiance qu'elle vous témoigne. Dites-lui que tout ce que je peux faire est de vous donner l'autorisation de rendre visite au prisonnier. Personne d'autre ne pourra le faire, à part sa famille bien sûr. Pas de danger de ce côté-là, il n'a pas de famille à proximité. Sa mère l'évite.

— Je doute que Monsieur le comte ait envie de me voir.

— Oui, mais si vous êtes son seul moyen de communication avec l'extérieur, peut-être n'auront-t-ils, lui et ses amis, d'autre choix que d'utiliser vos services. Bien sûr, vous me ferez part de tout ce qui transpire entre eux.

* *
*

— Quelle crapule ! vocifère Sophie, en prenant connaissance du rapport de Claude. Le moins qu'Élyse puisse faire est de briser ses fiançailles. Je ne peux pas croire qu'elle soit tombée amoureuse d'un type pareil. J'espère que Claude et Olivier auront assez de jugement pour couper tout contact avec ce salaud. Il est clair qu'on ne peut pas lui faire confiance.

— Nous ne sommes pas en position de leur suggérer quoi faire, constate Mike. Ils devront prendre cette décision eux-mêmes. Claude semble croire à son repentir. Après tout, il n'était aucunement obligé de décrire ses activités d'espionnage et de confesser qu'il avait écouté la conversation entre François et le neveu de Robert Damiens. Il s'est dit prêt à tout pour venir en aide à François et pour se faire pardonner d'Élyse.

— Ce n'est qu'un truc, une feinte pour endormir leur méfiance. Il ne faut pas le croire.

— Avec ou sans leur approbation, Lysandre a déclaré qu'il ira voir François demain matin pour lui apporter des vêtements et tout message qu'ils le trouveront digne de transmettre. Essayons d'oublier Saint-Honoré pour le moment. Il nous faut trouver un moyen de sortir François de prison. Suggestions ?

*   *

*

Ils lui confisquent sa bague et son collier pour qu'il ne soit pas en mesure de soudoyer ses geôliers ou de s'étrangler. Heureusement, il n'a sur lui aucun gadget du 21ᵉ siècle qu'il aurait du mal à expliquer. On l'amène ensuite à l'extrémité nord-est de la forteresse, la tour du Coin. Habité d'un sentiment d'horreur croissant, il se laisse guider par un escalier en colimaçon vers le sous-sol. Une odeur fétide et des gémissements s'intensifient à l'ouverture d'un lourd battant, au bas des marches. On le pousse à franchir le seuil. Il a peine à ne pas restituer son souper à la vue de l'homme ligoté à la chaise. Quatre planches de bois sont solidement liées de part et d'autre de ses jambes. Des triangles de bois ont été martelés entre les planches centrales pour compresser les jambes du malheureux au point d'en écraser les os. François reconnaît la pratique moyenâgeuse des brodequins. Il détourne le regard vers un autre coin de la salle et tombe sur le fouet religieusement enroulé autour d'un crochet. Au-dessous, une flaque rouge s'élargit goutte à goutte.

— Vous! Saleté d'aristocrate! Traître! Menteur! Votre parole ne vaut rien! Vous n'êtes qu'un beau parleur sans honneur.

François reconnaît avec peine le neveu du régicide, un œil fermé et la lèvre inférieure complètement fendue. Sur sa poitrine nue, deux fleurs de lys ont été imprimées au fer chaud.

— Je ne mérite pas vos injures, réplique François, piqué au vif. Ma présence ici est justement liée au fait que je n'ai pas cru bon d'aller dénoncer vos machinations insensées à la police.

— Si ce n'est pas vous, alors qui m'a dénoncé?

— Quelqu'un derrière le rideau de ma loge a entendu toute notre conversation.

Le visage du supplicié prend une expression atterrée.

— Oh mon Dieu! Qu'ai-je fait?

Le bourreau et son assistant détachent les sangles qui retiennent le jeune homme à la chaise. Deux gardes le soulèvent et l'obligent à se mettre sur ses pieds. Alphonse s'écroule avec un cri d'agonie, une de ses jambes présentant un angle anormal. Les gardes le saisissent ensuite par les avant-bras pour le traîner hors de la pièce. Plus aucun son n'émane de leur fardeau. Par un coup de miséricorde, le comploteur semble s'être évanoui. François frissonne de dégoût à la vue du dos ensanglanté de Monsieur Damiens.

— Qu'est-ce que vous attendez ? Débarrassez-le de sa veste et de sa chemise et attachez-le à la chaise.

Sans ménagement, les gardes exécutent les ordres. François ne peut empêcher un mouvement de révulsion lorsque son dos nu et sa culotte entrent en contact avec la chaise aspergée du sang et de l'urine de son prédécesseur.

« Ceci ne peut pas être en train de m'arriver, songe-t-il. C'est un cauchemar dont je vais me réveiller. L'ordinateur ne fait que modifier mes souvenirs pour qu'ils incluent une séance de torture. »

Cette dernière pensée n'a pas pour effet de le rassurer, car la douleur des sangles qui se resserrent sur ses poignets en contredit la possibilité. Comment va-t-il résister à la torture ? Il ne peut être question de dévoiler sa vie au 21e siècle et la connexion qui existe dans l'allée de l'Aveugle. Ce serait détruire sa porte de sortie. Il doit pourtant donner l'impression de collaborer. Un greffier, derrière une table trop petite pour mériter ce nom, attend le début de l'interrogation en se concentrant sur la page blanche devant lui. Le bourreau est retourné attiser le feu dans l'âtre. François s'adresse à un autre homme, que son habillement désigne comme le plus haut gradé dans la hiérarchie du caveau, chargé de l'interrogatoire.

— Je n'ai rien à cacher. Je ne suis coupable que d'avoir écouté les divagations d'un fou et de ne pas les avoir prises au sérieux.

— C'est ce qu'ils disent tous, fait l'homme, blasé. Commençons par ce que vous savez de Monsieur Alphonse Bellard, né Damiens.

Il donne un compte rendu précis de sa conversation avec Alphonse, sachant bien que son récit sera comparé avec le témoignage de Lysandre. Lorsque l'interrogateur lui demande de décrire où il a passé la dernière année, il s'en tient à son histoire d'île aux Antilles. Il invente des hôtes chez qui Sophie et lui auraient séjourné pendant leur voyage éclair vers la côte, tous des connaissances du mystérieux ami de son épouse qui leur aurait proposé ce périple. Ses réponses vagues ne tardent pas à déplaire à son interlocuteur, surtout quand, pour éviter de se prononcer sur le nom du port d'où ils ont appareillé, il déclare avoir rejoint le navire en chaloupe, la nuit, à partir d'une plage anonyme.

Pour stimuler un rappel plus détaillé de son trajet, l'interrogateur invite le bourreau à approcher le bout rougi d'une tige de fer façonnée en fleur de lys de son visage. François ajoute rapidement à sa description la taille des galets de la plage et la forme des falaises. Il n'a pas le temps d'être soulagé de voir le tisonnier s'éloigner de sa joue, qu'il le sent entrer en contact avec sa poitrine un peu en haut du mamelon gauche. Par réflexe, il tente de reculer, mais se voit acculé au dossier et forcé d'y demeurer sous la pression du fer chaud. La douleur ne tarde pas à s'irradier au-delà de sa chair brûlée. Impossible à contrôler, un hurlement s'échappe de sa gorge.

CHAPITRE 12

Alliances et imbroglios

Le général Markham examine de haut en bas le marin qui se tient à l'attention devant lui. L'individu dépasse les six pieds et son uniforme ne parvient pas à masquer sa largeur d'épaules. Pas une once de graisse sur ce corps-là. Le général ne doute pas que l'homme pourrait, sans problème, offrir ses services pour une annonce publicitaire d'un gymnase.

— Repos, Lieutenant. Veuillez vous asseoir.

Le général l'imite aussitôt.

— Je vous remercie d'avoir répondu aussi rapidement à ma convocation. J'ai ici un sommaire de votre dossier. Vous êtes chaudement recommandé par vos supérieurs. En tant que Navy SEAL, naturellement, vous êtes un expert dans la manutention d'explosifs, un tireur d'élite, un connaisseur en matière d'arts martiaux. La technologie de surveillance vous est également familière. Je vois notamment que vous avez participé à la résolution de plusieurs prises d'otages. Votre rapidité d'adaptation à des situations nouvelles joue en votre faveur. De plus, vous parlez couramment trois langues dont le français, définitivement un atout pour ce que j'ai en tête.

Le lieutenant ne trouve aucun commentaire nécessaire.

— Le travail pour lequel nous avons besoin de vos services requiert un niveau de sécurité plus élevé que celui auquel vous êtes autorisé normalement. Le dossier est classifié ultrasecret, mais vos supérieurs se portent garants de votre loyauté. Cette affectation peut aussi s'avérer extrêmement dangereuse.

— J'ai l'habitude des dangers. Cela fait toujours partie de ma description de tâches. De quoi s'agit-il ?

— De mettre sur pied un plan d'évasion pour un de nos collaborateurs retenu prisonnier dans une forteresse. Vous pourrez décider si oui ou non vous voulez vous engager dans cette affaire.

— Mon général, vous pouvez être assuré que si j'estime mes compétences utiles pour mener cette libération à bonne fin, je n'hésiterai pas à y participer. Quels sont les moyens à ma disposition ? Quel est le type d'appui aérien ? Y a-t-il accès par eau ou par terre ?

— Aucune aide aérienne, j'en ai peur.

— Est-il donc impossible d'être parachuté à l'intérieur du complexe ?

— J'y verrais des problèmes de logistique.

— M'est-il permis de faire appel aux hommes de mon escadron ?

— Non, il nous faut limiter le nombre de personnes au courant de ce projet. De plus, l'accès au site est des plus restreints. Nous avons une volontaire pour aider dans cette évasion. Il s'agit de l'épouse du prisonnier.

– Son épouse ! Ne sera-t-elle pas trop impliquée pour agir avec sang-froid ?

– Ne rejetez pas son offre d'emblée. Après tout, elle est la seule personne de confiance autorisée à visiter le prisonnier. Et puis, elle connaît les gens sur place.

– Nous avons un plan de cette prison et de ses dispositifs de sécurité ?

– Bien sûr.

Le général active l'écran de son ordinateur et le fait pivoter vers le lieutenant. Il est plus qu'un peu curieux de la réaction de l'homme. Le marin se penche vers le *laptop*. Après un moment, il se redresse et dévisage son supérieur :

– Avec tout mon respect, mon général, est-ce que ceci est une farce ?

– J'ai bien peur que non.

– Vous m'envoyez dans une prison française détruite il y a plus de deux cents ans.

– Exact. Vous ai-je dit que vous avez deux jours pour mettre au point une stratégie destinée à sortir notre homme de là ?

* *

*

– Miséricorde Dieu ! s'exclame Lysandre Saint-Honoré en voyant la forme humaine affalée sur le lit étroit au fond dans la cellule.

L'homme gît sur le ventre, la tête vers le mur. Collée à son dos et maculée de sang séché, sa chemise forme une mince barrière contre l'air frigide de la pièce. Aucun feu ne brûle dans l'âtre, malgré la présence d'un tas de bois et d'une pierre de silex. Quoique la date officielle soit le 31 juillet, la température ambiante s'accorde mieux avec une journée de la mi-décembre. Un repas non consommé et une cruche d'eau ont été laissés sur la table. Un seau vide est collé contre le mur.

Le geôlier annonce qu'il reviendra le chercher dans une demi-heure puis, dans une symphonie de clés qui s'entrechoquent, referme la porte en sortant. Réveillé par le bruit, l'occupant soulève péniblement la tête et la tourne vers le visiteur. Après l'avoir identifié, il laisse retomber sa tête sur le matelas et grogne :

— Allez-vous-en. Laissez-moi tranquille.

— J'ai bien peur d'être le seul à avoir la permission de venir vous voir.

— Une autre forme de torture, n'est-ce pas ?

Lysandre préfère ne pas se formaliser de cette réponse.

— Je vous ai apporté des vêtements, enchaîne-t-il. D'après ce que je vois, vous avez grand besoin de changer de chemise.

François soupire et entreprend la tâche exténuante de prendre une position assise.

— Permettez-moi d'abord de commencer un feu, puis je vous aiderai.

Sans attendre le consentement du comte, Lysandre se met à la tâche. Il observe bientôt, du coin de l'œil, le comte se mettre debout avec difficulté puis boiter jusqu'au seau pour se soulager.

— Qu'est-ce qui est arrivé à votre pied droit ? demande-t-il tout en frottant le silex.

— Brûlure de la plante du pied aux charbons ardents, fait laconiquement l'éclopé en se déplaçant vers la table. Il s'assoit lourdement, s'empare d'une tranche de pain, mais ne parvient qu'à en avaler deux bouchées. L'appétit lui manque.

Il tente ensuite de passer sa chemise par-dessus sa tête.

— Attendez, le prévient Lysandre, si vous faites cela trop rapidement, vous risquez de rouvrir toutes vos blessures et de vous remettre à saigner.

Il abandonne le feu naissant pour s'empresser auprès du comte. Avec mille précautions, il éloigne le tissu de la peau lacérée par le fouet et suggère de laver les plaies. François ne s'y oppose pas.

— Votre peau est chaude au toucher, pourtant il fait plutôt glacial dans cette cellule. Avez-vous de la fièvre ?

— Il ne serait pas trop étonnant que je développe une fièvre à la suite de mes blessures, n'est-ce pas ?

— J'irai voir un docteur. Il pourra peut-être me proposer un remède que je vous apporterai cet après-midi. Un plastron également pour les deux brûlures en forme de fleur de lys sur votre poitrine.

— Ne vous donnez pas cette peine. J'aurais peu confiance en quoi que ce soit que vous m'apporteriez.

— Je sais que vous avez eu beaucoup à vous plaindre de mes actions jusqu'à présent, mais je veux sincèrement vous venir en aide. Vos amis également. Monsieur de Neval est parti très tôt ce matin, pour plaider votre cause auprès du roi. Monsieur Laurence et Monsieur de Charenton m'ont accompagné jusqu'à la porte de cette prison. Ils attendent avec impatience que je leur décrive votre état et m'ont demandé de vous remettre ceci.

Sur ces mots, Lysandre commence à détacher les boutons de sa culotte et à la glisser le long de ses jambes. Il baisse également son sous-vêtement.

— Que diable êtes-vous en train de faire ? proteste François.

L'autre passe ensuite la main entre ses jambes pour tirer sur une bande grise, posée très haut à l'intérieur de sa cuisse. François reconnaît un bout de ruban adhésif extrafort qu'ils ont apporté du 21e siècle pour empêcher les pênes des serrures de revenir en place. Il ne peut s'empêcher de rire.

— Je ne sais pas quel genre de colle vos amis ont utilisée sur cette étoffe, se plaint Lysandre, mais j'ai peine à la retirer sans qu'elle emporte tous les poils de ma jambe. Vous pouvez bien rire, mais cela fait mal. Je suppose que je ne devrais pas me plaindre après tout ce que vous venez d'endurer. Ah ! Voilà. Ça y est.

L'hilarité de François prend fin subitement lorsqu'il identifie ce qui est attaché au ruban que Lysandre tient au bout de ses doigts. C'est avec étonnement que le comte dévisage le fiancé d'Élyse.

— Je ne sais à quoi ils servent. Vos amis ne me l'ont pas dit, avoue ce dernier.

Soudain, ils entendent tous les deux le geôlier approcher derrière la dernière des trois portes. François s'empare rapidement du ruban, qu'il s'empresse de coller sous sa chaise, en espérant que la chose a conservé son pouvoir adhésif malgré les quelques poils qui y sont attachés. Lysandre remonte sa culotte et tourne le dos à la porte. Il n'a pas complètement fini d'attacher les boutons lorsqu'elle s'ouvre.

— Le temps de la visite est terminé, annonce le garde.

— Hum, oui, je suppose que je devrais y aller, fait Lysandre d'un air gêné. Je reviendrai cet après-midi avec quelques médicaments et des pansements.

Il se dirige vers la porte, lorsque le comte l'interpelle par son prénom. Il se retourne dans sa direction, un sourcil levé en signe d'interrogation.

Le regard droit dans le sien, le prisonnier lui dit simplement :

— Merci.

Le visage de Lysandre s'illumine.

— Je vous en prie, balbutie-t-il en sortant.

La porte refermée étouffe bientôt les bruits de pas de son visiteur. François attend une minute pour s'assurer que les deux hommes se sont bel et bien éloignés. Il détache ensuite le ruban gris du bas de sa chaise et, délicatement, en décolle l'écouteur, le microphone et la pile qui y adhèrent. Il insère l'écouteur dans son oreille après en avoir actionné l'interrupteur. Il regagne son lit et se tourne résolument le dos à la porte, au cas où son geôlier s'aviserait subitement d'ouvrir le petit guichet de la cellule. Portant le microphone à ses lèvres, il murmure :

— Claude, est-ce que tu m'entends ?

— La réception n'est pas parfaite mais acceptable, répond ce dernier dans son oreille. Je suis dans la rue Saint-Antoine. Nicolas m'accompagne. Comme cela, je n'ai pas l'air de me parler à moi-même.

— C'était plutôt risqué de laisser Saint-Honoré en possession du microphone et de l'écouteur. Tu sais qu'il m'espionnait pour le compte de son cousin, le gouverneur ?

— Oui, Lysandre nous l'a avoué. Je comptais sur le fait qu'il n'aurait pas la moindre idée de ce à quoi ils servent. Le microphone était allumé à partir du moment où je l'ai collé à sa cuisse. On pouvait donc écouter toutes ses conversations. C'était à notre tour de l'espionner. Son cher cousin, le gouverneur, l'a convoqué avant de lui permettre d'aller dans ta cellule. Il lui a demandé sans équivoque si nous lui avions secrètement confié quoi que ce soit. Lysandre lui a menti en disant qu'il ne transportait que des vêtements. Donc, il a passé le premier test. Cet après-midi, par le même stratagème, je t'enverrai notre provision d'antibiotiques. J'ai cru comprendre que tu en as besoin.

— Pouah, quand je pense au moyen de transport, je ne suis pas certain de vouloir les prendre.

— Ne fais pas l'enfant. Ils sont scellés. Tu as besoin de garder ta forme. Dieu sait ce qu'il te faudra faire pour sortir de là. La nuit dernière, j'ai envoyé un message au centre de contrôle décrivant ta situation. Je compte leur donner encore plus de détails ce soir, tout ce que tu pourras me dire sur tes conditions de détention et le contenu de ta cellule.

— Ils m'ont pris ma bague et mon collier.

— Ah non ! C'est terriblement ennuyeux. François, je dois t'avertir que si, dans deux jours, le transfert est possible, je compte retourner au 21e siècle avec la tourte. Là-bas, je crains de trouver un monde en proie à une épidémie massive et qui aura besoin de mon expertise. Il faut que je retourne à ma recherche le plus vite possible. Tu comprends ?

François éprouve des difficultés à acquiescer d'une façon convaincante. En fait, il se sent pris d'une vague de désespoir à l'idée qu'on l'abandonne tout seul dans son monde barbare d'origine. Le secourir aura-t-il une priorité suffisante pour que le projet Philo assure le fonctionnement de la simulation ? Risquera-t-on la vie d'un sauveteur ? Plus d'un membre du conseil d'administration accepte bien mal la responsabilité du projet à son égard.

— Je suis certain qu'ils vont faire tout ce qu'ils peuvent pour te sortir de là, tente Claude, faisant écho à ses craintes. Les évènements ont pris une tournure telle que je me sens totalement impuissant.

« Et probablement terrifié à l'idée de rester un instant de plus dans cette réalité. Je ne t'en blâme pas », complète François intérieurement, avec amertume.

— Ne perdons plus de temps. Décris-moi ta cellule, lui ordonne Claude.

CHAPITRE 13

Le transfert

Lysandre marche à travers la ville, sans destination. Au manoir de Charenton, ce soir, Élyse a été prise de ces humeurs auxquelles les femmes sont parfois susceptibles. Il n'a pas été la seule cible de sa verve caustique. Le frère et la sœur semblaient prêts à croiser le fer. Ses efforts de conciliation et ses tentatives pour découvrir la raison du litige ont été infructueux. Questionnés, ils se réfugiaient tous les deux derrière des assurances de parfaite harmonie. Au bout du compte, sa fiancée a avoué se sentir fatiguée et annoncé son désir de se retirer pour la nuit. Resté seul en compagnie de Nicolas, Lysandre a vite compris, sans le moindre manque de politesse de la part de son hôte, que Monsieur de Charenton souhaitait être libéré de sa présence. Il a donc écourté sa visite et passé le temps en arpentant les rues. Il sait très bien que les amis du comte ne le tolèrent que pour se servir de lui. Il est convaincu plus que jamais qu'un secret les unit et que même Élyse ne lui fait pas confiance. Et pour cause !

Sans s'en rendre compte, il est revenu à son point de départ. Le manoir de Charenton se dresse un peu plus loin dans la rue. Il peut voir au premier étage qu'un des volets de la chambre de sa bien-aimée n'est toujours pas fermé. Furtivement, il s'approche du manoir le long des façades qui bordent l'autre côté de la rue. Encore un peu à l'écart, il appuie son épaule sur le mur d'une bâtisse qui précède une ruelle étroite. Il espère entrevoir par la fenêtre une silhouette féminine, une vision à emporter dans ses rêves.

— Moi, je dis que c'est tout pour cette nuit. Le fiancé est parti. Tout le monde est allé se coucher, murmure une voix masculine à partir de la ruelle. Je suggère qu'on aille se mouiller le gosier et se mettre au chaud.

Lysandre sursaute. Il s'était cru seul dans la rue.

— Tu connais la consigne. On ne part pas avant les cloches de minuit, fait une voix plus rauque. Et puis, elle n'a pas encore fermé son volet.

— Elle l'aura oublié.

« Doux Jésus. Deux hommes sont en train de surveiller la maison d'Élyse, en déduit Lysandre. Pour qui travaillent-ils ? Mon cousin ? La police ? Des comploteurs ? Des contrebandiers ? Le marquis de Neval ? »

Il se colle davantage à la brique et aiguise son oreille.

— Je ne sens plus mes pieds, se plaint la première voix.

— Fais quelques pas pour te réchauffer, suggère son interlocuteur.

De peur d'être découvert, Lysandre se retire dans la profonde embrasure d'une porte voisine. Après un moment, comme il ne peut plus rien entendre, il pointe son nez hors de l'ouverture avec circonspection. Tout est tranquille dans la rue. Toutefois, son œil perçoit un mouvement du côté du manoir de Charenton, dont la porte s'ouvre sans bruit. Une silhouette en émerge et multiplie les précautions pour refermer silencieusement. Lysandre reconnaît bientôt Nicolas dans la forme qui s'éloigne du manoir. Le frère de sa fiancée prend la gauche, une fois dans la rue, et passe bientôt directement devant lui de l'autre côté de la voie. Quelques secondes plus tôt, Lysandre s'est de nouveau camouflé dans l'ombre pour ne pas avoir à expliquer à Nicolas sa présence en ces lieux. Il n'a pas le temps de retourner à son poste d'observation avant que la silhouette d'un homme sur la pointe des pieds se découpe dans l'échancrure du portail. Sans voir Lysandre dans son dos, il lui offre son profil en se tournant, visiblement pour donner un dernier ordre à son complice :

— Toi, tu suis la fille si elle s'avise de quitter le logis. Ne t'en va pas avant minuit et demi.

Puis, l'espion s'empresse à la suite de Nicolas. Lysandre est déchiré entre la curiosité et l'inquiétude. Doit-il découvrir la raison de la promenade nocturne de Nicolas et laisser Élyse à la merci d'un inconnu ?

« Elle n'a sûrement pas l'intention de se promener sans escorte en pleine nuit », raisonne-t-il.

Il jette un coup d'œil vers sa fenêtre. Les deux volets sont maintenant hermétiquement fermés. Plutôt que le rassurer qu'Élyse a finalement décidé d'aller au lit, ce constat le met mal à l'aise. A-t-elle surveillé le départ de Nicolas ? Pour quelle raison ? Toutes ces questions l'immobilisent. Il a maintenant laissé trop de temps passer pour se lancer sur la piste de Nicolas. Il sursaute lorsque la porte du manoir s'ouvre à nouveau. Cette fois, il distingue une forme féminine, drapée dans une ample mante. Il entrevoit le visage d'Élyse avant qu'elle ne rabatte un capuchon sur son front. Il n'en croit pas ses yeux. Impulsivement, il quitte presque sa cachette pour aller la gronder. Il s'en garde. Il se doute bien que son intervention ne serait guère appréciée. Il peut mieux la protéger en la suivant de près, sans qu'elle le sache.

Contre toute attente, Élyse part dans la direction opposée à celle empruntée par Nicolas. Lysandre s'apprête à la suivre lorsqu'un homme tout courbé émerge de la ruelle pour, rapidement, aller se cacher derrière un tronc d'arbre que la jeune femme vient de dépasser.

« Ah, le salaud ! J'espère qu'il ne perdra pas sa trace », marmonne Lysandre tout en adoptant le trajet de l'espion.

Après un quart d'heure, l'inquiétude gagne le cœur de Lysandre. Les rues deviennent de plus en plus étroites, le quartier de plus en plus mal famé, les lampadaires de moins en moins fréquents. L'inconscience d'Élyse éveille en lui un soupçon de fureur. Heureusement, elle ne rencontre pas âme qui vive et s'arrête enfin à un croisement pour regarder autour d'elle. L'espion et Lysandre ont tout juste le temps de se dissimuler. Des bruits de pas se font entendre au bout de l'allée qui leur fait face. Élyse prend peur et, après un autre inventaire rapide des lieux, décide d'aller se cacher dans l'échancrure d'une porte. Elle s'accroupit et tente de minimiser le volume qu'elle occupe. Elle rabat son capuchon plus avant sur son visage.

Trois hommes font bientôt leur apparition. L'un d'entre eux porte un colis recouvert d'une toile. Un piaillement s'en échappe. Ce cri, plus qu'autre chose, permet à Lysandre d'identifier les individus. Il a tôt fait de reconnaître Olivier, Claude et Nicolas, qui a rejoint les deux autres. Pourquoi se promènent-ils à minuit, dans des quartiers peu sûrs, avec leur oiseau américain ? Le trio s'arrête au même croisement. Comme Élyse avant eux, les marcheurs examinent les alentours. Lysandre se presse davantage contre la muraille.

— Eh ! Vous là, sortez de votre cachette, entend-il Olivier ordonner. Je vous ai vu en train d'essayer de vous cacher.

Lysandre s'apprête à faire quelques pas vers le centre de la ruelle lorsqu'il entend Nicolas s'exclamer :

— Élyse ! Mais, que fais-tu ici ? Tu étais censée rester à la maison.

D'un mouvement rapide, Olivier a délogé la forme sombre et l'a traînée vers le groupe. Le capuchon a été repoussé vers l'arrière pour révéler les traits de la jeune fille.

— Tu n'as pas le droit de m'empêcher de venir, lui répond Élyse d'un ton boudeur. Je veux assister au transfert moi aussi.

De son point d'observation, Lysandre voit l'espion tenter de s'approcher pour ne rien perdre de la conversation. Il a soudainement peur que des propos incriminants tombent dans des oreilles indiscrètes et décide que cette filature a assez duré. Il court le plus silencieusement possible vers l'homme qui lui tourne le dos. L'espion ne lance un regard par-dessus son épaule qu'à la dernière minute.

– Monsieur, j'ai des questions à vous poser.

La réaction de l'individu est de pousser Lysandre hors de son chemin pour s'enfuir, mais celui-ci le retient en l'enlaçant par derrière, lui immobilisant les bras le long du corps. De petite taille, le mouchard lutte contre une force supérieure à la sienne et ne parvient pas à se défaire de son étau. Les quatre amis se retournent pour identifier la source du tumulte et voient bientôt les deux combattants qui grognent sous l'effort. Tant bien que mal, Lysandre parvient à entraîner son homme vers le groupe arrêté au milieu de la rue.

– Lysandre ! s'écrient en chœur Élyse et Nicolas.

– Lâchez-moi, ordonne l'espion. Vous n'avez pas le droit de m'attaquer. Je vais appeler le guet.

– Cet homme a suivi Élyse à partir de chez elle et je les ai traqués tous les deux pour intervenir en cas de besoin. Avec un complice, celui-ci faisait le guet devant le manoir. L'autre mouchard a pris Nicolas en filature. Il se pourrait très bien que ce deuxième lascar soit en train de se cacher le long de cette rue d'où vous venez.

L'explication de Saint-Honoré amène chacun à regarder dans la direction impliquée. Ils n'y voient personne, mais jugent que l'obscurité peut jouer en faveur de poursuivants éventuels. À cet instant précis, les cloches de minuit carillonnent. Olivier et Claude échangent un regard inquiet. Il n'y a pas de temps à perdre. Olivier sort rapidement de sa poche le pistolet à soporifique miniature. Sans offrir ni la grande portée d'un fusil ni sa souplesse en terme de dosage et de vitesse d'éjection, ce modèle réduit est conçu exactement pour la situation présente. Olivier vise le flanc de l'agent qui se débat dans les bras de Lysandre. L'homme perd conscience sans même avoir eu le temps de voir l'arme. Le fiancé d'Élyse resserre son étreinte pour l'empêcher de s'affaisser sur le sol, mais n'y arrive qu'à moitié. Son regard se braque sur Olivier qui tient à la main une arme insolite, pointée dans sa direction. Il lit dans les yeux du marquis le désir de lui faire subir le même sort.

— Qu'avez-vous fait ? L'avez-vous tué ?

L'exclamation ainsi que la vision de son camarade inconscient incitent le deuxième espion à prendre la poudre d'escampette, abandonnant toute prudence.

— Eh ! C'est vrai qu'il y en avait un autre ! s'exclame Nicolas en pointant du doigt vers le fond de la rue.

Olivier jure, mais estime que le fuyard est hors de portée. Il remet le pistolet dans sa poche et sort rapidement un fusil du sac qu'il transporte. Comme un expert, car François lui a enseigné comment l'utiliser, il a tôt fait de mettre la silhouette en joue. Tout le monde voit clairement un point rouge apparaître dans le dos du coureur. Le progrès de l'espion ralentit aussitôt que le marquis presse la détente. Dans un sursaut révélateur de l'impact, la cible s'effondre avant d'atteindre le bout de la rue. Sans attendre, Olivier redirige le canon du fusil vers Lysandre. Complètement médusé par la succession rapide des événements, Saint-Honoré fige sur place, les yeux ronds. Élyse s'interpose physiquement entre les deux, en criant :

— Non ! Je vous l'interdis !

Un silence plein de tension s'établit, pendant qu'Élyse dévisage Olivier comme une chatte hérissée qui protège son petit. Claude les interrompt en montrant l'allée de l'Aveugle :

– Le transfert a été initié !

En effet, une lumière irréellement blanche tourbillonne au milieu de l'allée. Claude, le premier à réagir, empoigne la cage, prend son sac et court le plus vite qu'il le peut avec ses colis. La tourte se met à roucouler, puis gémit à chaque secousse. Abandonnant l'intention d'endormir Lysandre, Olivier ne tarde pas à le suivre, quoique moins pressé. Le frère et la sœur viennent juste derrière. Lysandre retrouve suffisamment l'usage de ses membres pour les rejoindre et s'arrêter, comme eux, à dix pas du phénomène.

Même si le nuage d'étincelles n'est pas encore assez dense, le cœur de Claude se remplit d'espoir. Comme il a fait ses adieux aux amis de François plus tôt aujourd'hui, il s'avance résolument vers le centre du tourbillon, heureux de saluer à la ronde. Arrivé au cœur du vortex, il se retourne vers ses spectateurs et a le temps de voir Lysandre faire des signes de croix, avant que la luminosité ne devienne trop intense et l'emporte vers le futur.

CHAPITRE 14

Le retour de la comtesse

— Oui, c'est un peu ce que j'ai fait lorsque j'ai vu cela apparaître pour la première fois, confie Nicolas à Lysandre, sourire en coin.

— Pardon ? fait celui-ci, d'une voix étranglée.

— Je veux parler des signes de croix.

— N'est-ce pas magnifique ? s'extasie Élyse. Et tu voulais que je manque cela ! ajoute-t-elle à l'intention de son frère, sur un ton de reproche.

Lysandre s'étonne du manque de frayeur chez ses compagnons, comme si le phénomène leur était des plus familiers. Son cœur à lui bat la chamade.

La lumière de la demi-sphère s'atténue.

— Hé ! On dirait qu'ils nous envoient quelque chose, note Olivier. Claude avait prédit qu'ils feraient peut-être cela. J'espère que c'est de quoi nous aider à sortir François de la Bastille.

Une forme commence à se solidifier et un couple enlacé se dessine peu à peu.

— Que se passe-t-il ? bafouille Lysandre, les yeux écarquillés.

Élyse est la première à reconnaître la femme :

— Sophie !

La dernière étincelle s'est à peine effacée qu'elle s'élance vers son amie. Sophie n'a le temps que de s'éloigner d'un pas de l'homme qui l'accompagne, avant de se voir enveloppée dans une accolade étouffante. Les deux jeunes femmes échangent de nombreuses exclamations de joie, auxquelles viennent bientôt s'ajouter celles de Nicolas. Avec une moue indulgente, Olivier laisse le trio à son exubérance et considère l'inconnu de haute taille qui vient, lui aussi, de voyager dans le temps. Il remarque l'examen minutieux que l'individu fait de son entourage et s'avance vers lui, dès que leurs regards se croisent.

— Permettez-moi de me présenter. Je suis le marquis de Neval.

— Olivier, n'est-ce-pas ? Je suis très heureux de vous rencontrer. Je m'appelle Jake Stanford, lieutenant des forces navales américaines. Dites-moi, est-il normal, pour vous, de braquer ce genre de fusil à la vue de tous ?

L'interpellé sursaute presque en prenant conscience de ce qu'il tient encore à la main.

— Ah non ! s'excuse-t-il. J'ai oublié de le ranger. Je viens tout juste de m'en servir contre deux espions qui nous ont suivis jusqu'ici. Si je ne l'avais pas fait, ils auraient assisté au transfert.

Tout en donnant son explication, Olivier range l'arme dans le sac qu'il porte en bandoulière.

— Vous savez donc comment l'utiliser ? s'étonne le nouveau venu.

— Ce n'est pas très difficile. Essayez d'armer un mousquet en comparaison !

Jake concède d'un demi-sourire la justesse de la réprimande et revient au sujet principal :

— Où sont ces gens que vous avez endormis ?

— Endormis ! Ils ne sont donc pas morts ? s'exclame Lysandre, qui a saisi des bribes de leur conversation, malgré la terreur et la curiosité qui se font une lutte à part égale dans son esprit brumeux.

Jake le dévisage, puis lui demande :

— Et vous êtes ?...

— Lysandre Saint-Honoré.

Jake lance un regard interrogatif vers Olivier, qui explique :

— Il nous a suivis lui aussi. Je n'ai pas encore eu le temps de l'endormir.

— Et je vous défends de le faire, s'écrie Élyse, qui intercepte sa phrase en se tournant vers son fiancé dans le but de le présenter à Sophie.

En même temps, Sophie s'indigne :

— Saint-Honoré ! Lui ici ! Le traître responsable de l'arrestation de François. Élyse, comment peux-tu le défendre ?

— Il regrette ses actions.

— Je suis profondément désolé de ce que j'ai fait, balbutie Lysandre. Mon cousin s'est servi de moi. Je suis parfaitement convaincu de l'innocence de votre mari. Il n'a jamais comploté contre le roi. Le traitement auquel il a été soumis me révulse. Je veux lui venir en aide et réparer le tort que je lui ai fait.

Sophie ne semble pas convaincue de son repentir.

— Élyse, avais-tu vraiment besoin de tout lui dire ?

— Je ne lui ai rien dit, se défend son amie. Il nous a suivis...

— Donc, non seulement il espionnait François, mais il t'épiait également.

— Nom de Dieu, proteste Lysandre, est-ce que je devais la laisser se promener toute seule la nuit sans protection, après avoir découvert deux hommes suspects à l'affût devant sa maison !

— Non. Il te fallait l'obliger à rentrer, riposte Nicolas. Lui interdire de sortir.

— Comme tu l'as fait, n'est-ce pas ! s'enflamme Lysandre. Si tu avais accepté qu'elle t'accompagne, elle n'aurait pas tenté l'aventure par elle-même.

— Je ne l'ai pas forcée à venir seule, s'indigne Nicolas. Elle...

— Dois-je comprendre que vos résidences sont surveillées ? Par qui ? interrompt Jake, pour revenir au sujet qui le préoccupe.

— Sartine, j'imagine, répond Olivier. Le lieutenant général de police. L'emploi d'espions et d'informateurs, c'est bien là sa méthode.

— Qu'avez-vous fait de ces espions après les avoir endormis ?

— Rien. Ils sont encore étendus sur le pavé. Vous en voyez un d'ici. L'autre se trouve à une trentaine de pas, sur cette rue transversale.

— Que se passera-t-il quand ces hommes manqueront à l'appel ?

— Sartine en enverra d'autres et nous deviendrons encore plus suspects.

— Que peuvent-ils dire à leur supérieur ?

— Seulement que nous les avons découverts. Je ne crois pas qu'ils aient vu le fusil. Ils ne comprendront pas comment ils ont perdu conscience.

— Y-a-t-il moyen de les cacher ou de les enfermer quelque part ?

— Le mieux qu'on puisse faire est de les asseoir contre un mur, une bouteille à la main. Dans ce voisinage, ils vont se fondre dans le décor.

     Bastille et dynamite

– Eh bien soit. Laissez-moi emmener ces hommes ailleurs qu'en plein milieu de la rue.

– Allez-y. Je viens vous aider dans une minute. Permettez-moi d'abord de présenter mes respects à Madame la comtesse.

– Olivier ! Quel plaisir de te revoir !

Le marquis prend la main tendue, puis se penche pour y déposer un baiser.

– Ah non ! proteste Sophie, tu es un trop bon ami pour que je me contente d'un mièvre baise-main. Viens ici que je te fasse la bise.

Olivier se soumet à la nouvelle coutume qui, sans qu'il le sache, a pour origine la promotion de l'égalité au début de la Révolution française.

Il s'excuse ensuite auprès des dames et court rejoindre Jake.

* *

*

Les deux femmes attendent avec Lysandre et Nicolas à proximité des bagages. Après une vaine tentative de soulever la valise de Jake, Nicolas se résout à laisser le géant s'en charger une fois qu'il aura disposé des informateurs.

– Cette histoire de surveillance est plutôt ennuyeuse. Je comptais sur votre hospitalité ou sur celle d'Olivier. Je préférerais ne pas arriver à l'hôtel de Besanceau en plein milieu de la nuit.

– Madame la comtesse, vous pouvez utiliser mes quartiers si vous voulez, suggère Lysandre. Ils ne sont pas très grands, tout au plus, un salon, une salle à manger et une chambre à coucher, au premier étage d'un immeuble. Les propriétaires vivent au rez-de-chaussée. J'ai une entrée privée et je présume que je ne suis pas surveillé.

— Pas encore, mais après ce que tu as fait ce soir, tu vas devenir suspect.

— Peut-être pas, Nicolas. S'il me demande pourquoi je suis intervenu ce soir, je dirai à mon cousin que je l'ai fait pour gagner votre confiance. Je peux prétendre ignorer ses manigances, étant donné qu'il ne m'en a pas parlé.

— Gagner notre confiance, voilà une bonne raison de vous montrer serviable, commente Sophie, avec plus qu'une touche de sarcasme.

— Je sais que je ne mérite pas votre amitié, mais serait-ce trop vous demander que de m'expliquer ce qui vient de se passer ? Où est passé Monsieur Laurence, avec son oiseau ? Par quel sortilège êtes-vous apparus au milieu de toutes ces étincelles ? Je brûle de curiosité.

— Que sait-il, Élyse ?

— Rien, Sophie, je te l'ai déjà dit. Malheureusement, tout s'est passé tellement vite qu'il a vu Olivier utiliser le fusil et il a assisté au transfert.

Entre-temps, Olivier et Jake sont revenus de leur mise en scène. Sophie consulte son compagnon de voyage du regard.

— Il y a probablement moins de risques à lui faire confiance qu'à le tenir à l'écart, avance-t-il.

— Eh bien, soit ! Mais d'abord, permettez-moi de vous présenter le lieutenant Jake Stanford, ici pour m'aider à sortir François de la Bastille.

— Êtes-vous un soldat britannique ? Je crois discerner un accent anglais dans votre prononciation ?

— Non Monsieur, je suis Américain, né à Boston.

— Ah, un colonial alors ?

— Mon pays n'est plus une colonie depuis 1776.

— Dans six ans ? Ah, je vois, vous êtes un de ceux qui préconisent une rupture avec l'Angleterre. J'ai un peu de peine à saisir vos propos, car vous semblez avoir des difficultés avec le temps des verbes en français.

— Non, pas vraiment. Je trouve toutefois étrange de discuter d'un événement passé pour moi, mais futur pour vous.

Lysandre balaie du regard les visages autour de lui, pour voir si Jake est pour eux tout aussi incompréhensible que pour lui. Il ne rencontre que des expressions amusées, sinon franchement moqueuses.

— Je ne comprends pas, avoue-t-il.

— C'est que Sophie et Monsieur Stanford…, commence Élyse.

— Appelez-moi Jake, interrompt le lieutenant.

— …Jake, pardon, viennent du futur. Vous venez d'assister à un échange entre les 18e et 21e siècles.

Les muscles de la mâchoire inférieure de Lysandre se détendent brusquement.

— Ceci est complètement absurde !

— Exactement ma façon de penser il y a deux jours, apprécie Jake. Il vaut mieux ne pas nous éterniser ici, nous risquons d'attirer l'attention.

— Monsieur Saint-Honoré nous offre d'utiliser son logis pour le reste de la nuit, ajoute Sophie. Il ne se croit pas surveillé.

— Excellente idée. Je propose qu'Élyse et Nicolas l'accompagnent chez lui pendant que vous et moi nous occupons des derniers préparatifs pour demain. Nous irons les rejoindre dans une heure ou deux, pour discuter des plans. Olivier est libre de se joindre à nous, s'il le veut.

— Je suis à votre entière disposition, lui répond ce dernier. J'ai toutefois promis un compte rendu des événements de la soirée à François.

— Parler à François est également ma première priorité, dit Sophie.

— Il est trop tard, Madame la comtesse, pour visiter un prisonnier cette nuit, avise Lysandre. En tant qu'épouse, vous aurez la permission d'y aller demain.

— Grâce à vous, je peux lui parler, même si je ne le vois pas. Il me faut simplement me rendre à proximité de la Bastille.

— Pardon ?

— Peu importe. Olivier, si tu sais où demeure Monsieur Saint-Honoré, ne restons pas ici un instant de plus.

Bastille et dynamite

CHAPITRE 15

Une rancune tenace

— Vous n'êtes pas sérieux! Je n'ai jamais été soumis à une telle inspection avant de pénétrer dans la cellule de Monsieur le comte.

Le marquis de Soissans pousse un soupir exaspéré. Il commence à trouver la naïveté de son cousin, jusque-là utile, plutôt provinciale.

— Lysandre, je ne vous aurais pas insulté et soumis à une telle humiliation, en jetant le doute sur votre loyauté à notre cher roi. Je suis certain que vous ne commettriez pas l'erreur de participer à une tentative d'évasion, ce qui n'est peut-être pas le cas pour Madame la comtesse.

— Que croyez-vous tant trouver sous ma robe et mes jupons? demande Sophie en haussant les épaules.

— Vous seriez surprise de tout ce que mes gardes réussissent à intercepter. Des limes dans le corset, des cordes au milieu des jupons, des couteaux attachés aux paniers.

— Même avec tout ceci, il est sûrement impossible de s'évader de la Bastille.

— Oh, peu ont réussi. Il y a bien sûr le cas du prisonnier Latude, qui y est parvenu en 1756 en se fabriquant une échelle de corde avec ses vêtements et du bois de chauffage. Depuis, nous inspectons régulièrement les grilles ancrées dans les conduits des cheminées. Nous ne pouvons rien laisser au hasard. C'est pourquoi je ne peux vous permettre de visiter votre mari sans avoir inspecté tout ce que vous portez. D'autant plus que votre tour de taille est nettement plus grand que dans mes souvenirs. Votre robe pourrait très bien être rembourrée.

— Ce n'est pas très galant de votre part de souligner que j'ai pris du poids. J'ai eu un enfant depuis la dernière fois que nous nous sommes vus et n'ai pu retrouver ma taille de jeune fille. Oublions votre impolitesse. Pour voir mon mari, je suis prête à me soumettre à l'inspection de mes jupes. Si vous voulez bien me passer une autre robe en attendant que vous vérifiiez chaque couture de celle-ci.

— Une autre robe ! Pour que vous y cachiez ce que vous camouflez sous la première ! Nenni. Vous devrez vous montrer nue. Ne vous inquiétez pas. Je ne laisserai pas cette tâche à un vulgaire subalterne. Je m'en chargerai moi-même.

— Charles, ce ne sont pas là les règles !

— Monsieur Saint-Honoré, j'apprécie votre sollicitude. Je suis certaine que Monsieur le marquis est un gentilhomme et qu'il regardera sans toucher.

— Charles, puis-je avoir votre parole d'honneur que…, insiste Lysandre.

— Cessez vos jérémiades. Vous m'insultez à la fin. Sortez sur-le-champ ! ordonne le gouverneur.

Lysandre hésite encore à quitter les lieux. Il lui faut le faible hochement de la tête de Sophie et le murmure de Jake, depuis l'écouteur dans son oreille gauche, pour le décider à se diriger vers la sortie du bureau.

— J'attendrai près du carrosse pour ramener Madame la comtesse chez elle après sa visite, dit-il avant que la porte ne se referme derrière lui.

Fidèle à sa promesse, Lysandre se retrouve bientôt dans la cour du Gouvernement, face à la résidence de son cousin. Il s'éloigne le plus possible des oreilles indiscrètes.

— Est-ce que Madame la comtesse cache dans sa robe quoi que ce soit de compromettant ? murmure-t-il dans son jabot. Est-elle en danger ?

— Ne vous inquiétez pas. Il ne trouvera rien dans ses vêtements, entend-il dans son écouteur.

« Ce qui ne veut pas dire qu'il n'y a rien à trouver, se dit Lysandre. Elle doit bien avoir sur elle un de ces minuscules microphones, dissimulé dans un bouton, peut-être ? »

Le sien est caché dans son épingle à cravate et la tabatière dans sa poche renferme ce qu'ils nomment une pile.

— Je vous laisse pour écouter ce qui se passe dans le bureau de votre cousin, ajoute Jake, confirmant sa supposition.

Lysandre monte dans le carrosse et s'installe confortablement.

* *

*

Il a reconnu, pour en avoir transporté de semblables collés à sa cuisse, les micros et les écouteurs que le lieutenant Stanford a distribués, en arrivant à l'appartement la nuit dernière. En même temps, il a compris comment Madame la comtesse pouvait parler au comte sans le voir et pourquoi elle devait se rapprocher de la prison avec Jake, avant de venir rejoindre les autres à son domicile. La portée limitée des appareils l'exigeait. Pour combler l'attente, Élyse et Nicolas ont répondu de bonne grâce à toutes ses questions. Peut-on élever leurs réponses au rang d'explications ? La quête d'un oiseau pour guérir une nouvelle maladie ! Les inventions extraordinaires, qui défient son imagination, résultent-elles vraiment de 250 ans d'histoire supplémentaire ?

Après la distribution des curieux moyens de communication dont il s'est dit entièrement le maître, Jake a conseillé à tout le monde de profiter du reste de la nuit pour dormir, car le lendemain, ils allaient être très occupés à simuler le retour de la comtesse d'un long voyage outremer. Le soldat n'a pas accompagné sa suggestion de plus de détails quant aux plans pour sortir le comte de prison. Lysandre devait se rendre chez sa fiancée, comme d'habitude, en fin de matinée et se rendre disponible. Nicolas et Élyse ont donc regagné leur logis. Lysandre a galamment offert sa chambre à coucher à Madame la comtesse, pendant qu'il se contentait du canapé étroit du salon. Cet exercice d'équilibre lui a fait envier l'apparente facilité de Jake à dormir sur le tapis devant l'âtre.

Sophie et Jake l'ont quitté avant l'aube, sans réveiller les habitants du rez-de-chaussée. Lysandre est arrivé au manoir de Charenton comme sa fiancée et son frère s'apprêtaient à se rendre à l'hôtel de Besanceau, attendre sur place

    Bastille et dynamite

l'arrivée de la comtesse. Au profit des domestiques, Élyse lui a fait lire à haute voix une lettre qu'elle venait de recevoir et qui annonçait le retour de la comtesse. Ils ont ensuite passé le reste de la journée en compagnie du marquis de Neval, à attendre la maîtresse du logis dans le grand salon.

Ce n'est que vers six heures du soir qu'un carrosse de location s'est arrêté devant le grand perron et qu'en est descendue la comtesse. De Jake, nulle trace. Pendant que deux valets s'activaient à traîner une large malle aux serrures solides vers sa chambre, Sophie s'est dépensée en effusions de joie. Avant même de saluer les domestiques assemblés en une rangée bien droite, elle s'est inquiétée de l'absence de Monsieur le comte. Olivier l'a informée, d'un air contraint et désolé, de l'incarcération de son mari à la Bastille. Atterrée, elle a décidé de repartir sur-le-champ vers la forteresse pour rendre visite à son époux. Comme prévu, Olivier lui a proposé d'utiliser son propre carrosse. Sous prétexte de sa parenté avec le gouverneur, Lysandre a offert à la comtesse de l'accompagner pour faciliter sa démarche. Elle a accepté avec gratitude, ainsi qu'il avait été convenu. Les ombres avaient donc cessé de s'allonger depuis un bon moment, lorsqu'ils ont franchi le pont-levis donnant accès à la cour du gouvernement. La curiosité a probablement joué un rôle important dans la rapidité avec laquelle leur demande d'audience a été reçue par le marquis de Soissans.

*   *

*

Il sursaute lorsqu'une voix paniquée lui frappe le tympan gauche :

— Saint-Honoré! Pour l'amour du ciel, retournez auprès du gouverneur et empêchez-le de toucher à ma femme!

— Quoi? Qui parle?

— C'est moi, François. J'ai demandé à Jake de me mettre en contact avec vous. Il n'y a pas un instant à perdre. Il faut que vous alliez protéger Sophie contre votre cousin.

— Il ne la touchera pas. Il me l'a promis.

— En tout cas, il n'est pas en train de tenir sa promesse!

— Qui vous l'a dit?

— Vous savez bien qu'il m'est possible d'écouter tout ce qui se passe dans ce bureau. Vous seul pouvez sauver Sophie des desseins perfides du marquis. Faites quelque chose, je vous en supplie. Je vous en serai éternellement reconnaissant.

— Oui, oui. J'y vais.

Lysandre se propulse hors du carrosse. Il traverse la cour à grandes enjambées et ne laisse pas aux gardes le temps de se prononcer contre son désir de voir le gouverneur. Une minute plus tard, il ouvre lui-même la porte du bureau, ayant accumulé un bon nombre de poursuivants derrière lui. Il ne lui faut qu'un seul regard, qu'il détourne pudiquement, pour évaluer la situation. Il a vu la comtesse, en tenue d'Ève, lutter pour désengager un de ses poignets de l'emprise du gouverneur.

— Lâchez-la immédiatement!

Les gardes qui l'accompagnent prennent le temps de se rincer l'œil. Devant ce public imprévu, le gouverneur desserre les doigts. Sophie récupère l'usage de son bras ainsi que sa liberté

   Bastille et dynamite

de mouvement, pour se ruer vers ses vêtements empilés sur le bureau du gouverneur. Soucieuse de préserver son image de vulnérabilité et d'éviter que Soissans lui retire le privilège de voir François, elle a renoncé au judo contre son agresseur.

— Décidément, Lysandre, il va vous falloir apprendre à frapper avant d'entrer. Vraiment, je ne peux pas accepter un tel comportement. Mes gardes seront avisés dorénavant de ne plus vous admettre. Je commençais d'ailleurs à douter de votre loyauté.

— Comme je le fais de votre probité, réplique Lysandre.

Les deux hommes se toisent un moment pendant que Sophie passe sa chemise au-dessus de sa tête et enfile ses bas et ses chaussures. Elle tend la main vers le corset.

— Si vous tenez encore à visiter votre mari, je vous interdis de remettre votre corset et vos paniers, déclare le marquis. Je les considère suspects.

Sophie empoigne les jupons, la robe, la pièce d'estomac et sa mante pour s'en revêtir aussitôt, déclarant ainsi ses intentions inchangées.

— Dans ce cas, je vous accompagne, ajoute le gouverneur, bien décidé à trouver un autre moment pour arriver à ses fins. Donnez-moi un instant pour me préparer.

Il quitte la pièce quelques minutes, laissant les gardes s'assurer que son cousin et la comtesse ne bougent pas d'un pouce. Il revient, vêtu d'une ample cape noire qui s'entrouvre brièvement sur un pistolet dans sa main droite. Lysandre suit son cousin et Sophie hors du bureau. Dans la cour, il reçoit l'ordre de rester dans le carrosse, pendant que les deux autres continuent vers le deuxième pont-levis qui aboutit à la forteresse.

* *
*

François fait mine de dormir quand s'ouvre la dernière porte de sa cellule.

— Réveillez-vous ! crie le garde. Peut-être voudrez-vous refaire le nœud de votre jabot, vous rendre présentable. Vous avez de la visite.

— Pour Saint-Honoré ? À quoi bon !

— Comme vous voulez. Vous aurez été prévenu.

Deux soldats l'entraînent vers la chaise devant la table et l'obligent à y prendre place. Le premier s'empare d'une corde qui pend à sa ceinture et avec l'aide de son compagnon, ligote les mains de François. Il attache le restant de la corde à un anneau de métal scellé dans la pierre, trente centimètres au-dessus de la table. François proteste avec véhémence, demandant de connaître l'identité du visiteur qui lui impose de telles contraintes. La silhouette corpulente du gouverneur se dessine alors dans la porte.

— Ah, j'aurais dû deviner ! Me considérez-vous si dangereux que vous ne pouvez entrer chez moi sans que je sois entravé ? ...Sophie ?!

Même s'il connaît sa présence dans la simulation depuis la nuit dernière, François n'a aucune difficulté à jouer la surprise. Dix-huit heures auparavant, leur première conversation depuis un mois a failli tourner à la dispute. Terrifié par les risques qu'elle prenait, il a tenté de faire promettre à Jake d'aider Sophie à sortir de la simulation sans tarder. Il l'a implorée de penser avant tout à leur fils.

   Bastille et dynamite

Elle a répliqué qu'il avait aussi besoin de son père. Jake a tranché en déclarant que sa mission était de les ramener tous deux au 21e siècle et qu'il valait mieux travailler dans ce sens.

François n'a nullement besoin de feindre l'immense joie qui illumine son entière physionomie. Il ne remarque pas le bord de la robe, souillé d'avoir balayé le pavé sans le support des paniers. Il se soulève de sa chaise, mais ses poignets attachés au mur ne lui permettent pas d'aller bien loin. Sophie tente de se précipiter vers son mari, mais le gouverneur la retient par le bras. De son pistolet, il l'oblige à s'éloigner de François. Elle ne peut que s'abreuver du miroitement de ses iris verts. Remarquant l'ocre de sa peau autour d'un œil, vestige du coup reçu dans sa salle à manger, elle brûle d'envie de l'effleurer de ses lèvres et de glisser ses doigts le long des joues tapissées d'une barbe de quelques jours. Elle frissonne à la couleur suspecte des taches sur sa chemise. Les doutes qu'elle nourrissait encore à propos de son retour dans la simulation s'évanouissent ainsi que sa peur de rendre leur fils orphelin. Elle ne peut envisager de passer le reste de sa vie sans cet homme-là à ses côtés. Le problème est de s'assurer que le reste de sa vie se prolongera au-delà de quelques heures. Plusieurs décennies vécues hors du Siècle des lumières seraient préférables.

— Pourquoi ne m'est-il pas permis de prendre mon épouse dans mes bras ? Nous ne nous sommes pas vus depuis des mois. Je la croyais toujours chez ses parents.

— Vous n'avez pas mérité ce plaisir. Peut-être me montrerai-je plus clément une fois que vous m'aurez avoué où vous avez passé la dernière année et en quelle compagnie.

— Je vous ai déjà tout dit.

— Vraiment ? Nous n'avons pas trouvé la moindre trace du domicile de ce Jean Valjean qui vous a soi-disant accosté dans la rue pour vous proposer ce voyage imprévu, il y a un an. Je serais prêt à parier que Monsieur Javert, chez qui vous vous êtes restaurés à Nantes, s'avérera tout aussi fictif.

— Mon mari a-t-il mentionné notre arrêt chez la famille Thénardier ? s'écrie Sophie. Je ne me rappelle plus dans quel village c'était. Je me souviens seulement des lits inconfortables et du ragoût plutôt dilué.

François se mord les lèvres avant de répondre avec tout le sérieux qu'il peut rassembler :

— Ah, non. Je les avais complètement oubliés.

Le gouverneur se tourne vers le geôlier et ses acolytes :

— Ne revenez que dans une demi-heure. Je vous interdis formellement de laisser qui que ce soit entrer. Faites la sourde oreille à tout bruit en provenance de cette cellule.

Sophie et François échangent un regard surpris.

Le marquis de Soissans attend une minute après le déclic de la serrure, pour laisser les gardes s'éloigner. Un mauvais sourire joue sur ses lèvres.

— Ne faites pas un geste, Madame la comtesse. Je n'hésiterai pas à tirer à la moindre provocation. Vous ne savez pas, à voir ainsi votre mari, que son corps a déjà reçu des marques permanentes de son séjour dans notre illustre établissement. Des cicatrices qu'il peut encore cacher, sauf à vous bien sûr. Par contre, s'il persiste à être si peu coopératif, il se pourrait que nous nous voyions obligés d'utiliser les brodequins. Que diriez-vous d'un mari boiteux ?

— Il est innocent de ce dont vous l'accusez. Vous n'avez pas le droit de le traiter ainsi.

— J'ai tous les droits et la confiance de Sa Majesté. N'avez-vous rien à dire qui éviterait une telle souffrance à votre mari ?

— Je suis certaine qu'il n'y a rien que je puisse dire dont il ne vous a déjà fait part.

— J'en doute. Si nous reprenions où nous avons été malheureusement interrompus par mon cher cousin ?

— Vous comptez me violer devant mon mari ? en déduit Sophie, en prenant une attitude de bataille.

— Quoi ? Que dis-tu ? Est-ce que cet homme t'a fait des propositions indécentes ? s'exclame François avec outrage.

— Cette possibilité vous rendrait-elle plus bavard ? susurre le marquis. Je mettrai volontiers mon corps au service de mon roi.

— Ignoble individu ! Cela n'a rien à voir avec un interrogatoire. C'est un acte de vengeance pure et simple. Laissez mon épouse en dehors de notre dispute.

— Non pas. Il est grand temps que vous sachiez ce que c'est que de voir celle qu'on aime dans les bras d'un usurpateur. Madame la comtesse, déshabillez-vous.

— Non. Sophie, n'en fais rien. Je préfère la torture à te voir souillée par cet homme.

— François, lui répond Sophie tout doucement, je suis prête à tout pour t'éviter de souffrir. Pardonne-moi.

Par pudeur, elle tourne le dos aux deux hommes et, pour la deuxième fois ce soir, commence à se dévêtir. François tire désespérément sur ses liens, tout en insultant le marquis avec fureur. Il pousse la table de toutes ses forces en direction du gouverneur, mais comme elle est enchaînée au mur, elle ne l'atteint pas. Le salaud rit des efforts infructueux de son prisonnier. Voyant que la comtesse a finalement retiré sa chemise, il lui ordonne d'aller se coucher sur le lit. Il dépose momentanément son pistolet sur la deuxième chaise qu'il a déplacée vers la porte. Ses mains ainsi libérées peuvent atteindre les boutons de sa culotte.

Sophie glisse des doigts tremblants sous le déguisement qui recouvre son sein gauche et en retire le petit pistolet à soporifique. Elle prend une grande respiration pour se calmer. Décidément, elle ne possède rien du flegme de James Bond. Elle se retourne et tire sur le gouverneur.

CHAPITRE 16

L'évasion

Soissans n'a pas le temps de comprendre ce qui lui arrive qu'il s'est déjà écroulé.

— Avais-tu besoin d'attendre aussi longtemps avant de tirer ? explose François.

— Je me suis assurée qu'il n'avait pas son pistolet dans la main. Il aurait pu l'échapper ou contracter son doigt et faire feu, involontairement.

— Je sais. Je sais. Excuse-moi de cette invective. Je rageais de ne pouvoir te venir en aide. J'étais terrorisé à l'idée que si tu manquais ton coup...

Sophie met fin à cette litanie en scellant ses lèvres sur les siennes. Elle ne s'y attarde toutefois pas.

— Bon, d'abord, il me faut m'occuper de cette porte, dit-elle en se défaisant du costume de rondelette femme nue.

Quoique donnant parfaitement le change à distance, le déguisement n'aurait pas survécu aux avances du marquis. L'intervention de Lysandre a donc été salutaire. Elle apparaît bientôt dans une mince combinaison noire et moulante.

– J'aurais préféré que tu ne sois pas tenue d'utiliser ce stratagème. J'enrage à l'idée que ce salaud pense t'avoir vue toute nue. Ne vas-tu pas me détacher ?

– Minute papillon, laisse-moi bloquer le verrou. Tu ne voudrais quand même pas que le geôlier ouvre pendant que je défais tes liens. Jake, combien de temps me reste-t-il ?

– Dix-sept minutes 32 secondes. Je doute que le geôlier possède une montre aussi précise que la mienne, alors il faut prendre la demi-heure de répit offerte par le gouverneur avec un grain de sel.

– Tu as bel et bien capté son ordre d'ignorer tout bruit venant de cette cellule, n'est-ce pas ? C'est un cadeau du ciel.

– Oui, et j'ai assez d'enregistrements de sa voix pour lui faire dire tout ce que je veux. Tu n'oublies pas de retirer l'écouteur de ton oreille pour que je puisse monter le volume au maximum et redonner l'ordre aux gardes de revenir plus tard ?

– Oui. Oui.

Sophie prend tout de même un instant pour récupérer un petit canif dans ses anciens bourrelets et pour le glisser entre les doigts de François. Elle extrait du faux gras de sa cuisse les pièces d'un puissant électro-aimant, qu'elle s'affaire à installer sur la serrure en fer. Une fois l'aimant activé, le pêne en métal est immobilisé. Elle obstrue la petite fenêtre de la porte en y clouant le tissu épais de sa robe. François réussit à se défaire de ses liens et rejoint son épouse au moment où elle s'éloigne de l'entrée barricadée magnétiquement. Il l'enlace aussitôt et bloque une de ses voies respiratoires d'un baiser fougueux. Sophie lui retourne la pareille. Il leur faut à tous deux un raclement de gorge dans l'oreille pour retourner à la réalité d'une cellule glaciale, dans une forteresse condamnée à la démolition.

— Vous vous apprêtez à scier les barreaux de la fenêtre ? leur rappelle Jake.

— Oui, bien sûr, ment Sophie.

Le couple se met à la tâche d'éventrer le costume de femme grassouillette et d'en retirer des cordes, une scie miniature et certains produits chimiques destinés à assouplir le métal des trois grilles encastrées dans l'embrasure de la fenêtre.

— Je vais donc aller prendre ma position, les avertit Jake.

* *

*

Il compte escalader le mur arrière de la bâtisse la plus éloignée de la Bastille et donc, de la vigilance des gardes postés au sommet des tours, mais qui appartient encore au pâté de maisons situé devant le côté nord de la forteresse. Son ascension est surveillée par Olivier, Élyse et Nicolas, prêts à faire diversion si le moindre passant se pointe le nez dans la rue de Jean Beausire. Nicolas a promis à Lysandre de ne pas perdre sa sœur de vue. Par contre, il ne lui a pas mentionné le fait qu'elle serait affublée d'un pantalon d'écuyer, d'un grand chapeau et d'un manteau qui dissimulerait ses formes. Il est lui-même déguisé en laquais, imité en cela par Olivier.

Jake a tôt fait d'atteindre l'enchevêtrement des toits. À moitié chemin vers l'autre côté de l'édifice, le long d'un trajet parallèle à la rue de Jean Beausire, il doit se camoufler derrière une cheminée pour actionner l'enregistrement. En effet, le geôlier est venu cogner à la porte de la cellule et l'ordre de revenir dans une demi-heure doit être renouvelé. N'ayant pu prévoir les questions du garde, Jake doit improviser des répliques que le programme modélise en imitant le timbre de voix du gouverneur. Chaque délai de conversion accélère le pouls des occupants de la cellule. Enfin, le truchement réussit à éloigner le gardien. François et Sophie en profitent pour attaquer la deuxième série de barreaux et Jake pour s'installer sur le toit du bâtiment, que la rue Saint-Antoine sépare du rempart de la Bastille et des boutiques qui s'y adossent.

De son perchoir, le lieutenant Stanford discerne sur sa gauche la porte Saint-Antoine, destinée à n'être démolie que dans huit ans. Le bastion se devine en arrière plan. Les tours s'imposent au voisinage, du haut de leurs 31 mètres. Directement en face de lui se dresse celle du Coin, qui le domine d'un bon dix mètres. Bougeant la tête vers la droite, il examine la face de la forteresse qui se termine à la tour du Puits, à l'extrémité nord-ouest. Jetant un regard vers la rue Saint-Antoine en contrebas, il note le rempart de près de huit mètres, qui cache derrière lui un fossé presque à sec et qui ceinture la forteresse proprement dite. Il s'aplatit le long de la toiture. Puis, il sort de son sac à dos le fusil doté d'une lunette d'approche et d'un système de vision de nuit, qu'il ancre solidement devant lui. Il dirige d'abord les jumelles vers la fenêtre de la tour du Coin. Étant donné que cette ouverture donne sur le faubourg Saint-Antoine, il ne la devine que par le grillage extérieur, qui brise la ligne droite du profil de pierre. Aucun signe ne

   Bastille et dynamite

laisse soupçonner la moindre activité, mais lui sait que François et Sophie sont à l'œuvre.

Avant d'attaquer la dernière grille, le couple devra installer une photographie sur tissu devant la vraie, pour se dissimuler. Jake devra vérifier qu'aucun garde au sommet des tours ne se penche au-dessus des parapets, en direction des fossés que le comte et la comtesse se préparent à franchir. Grâce à son équipement, il peut viser les sentinelles avec précision. Toutefois, sa plus grande portée ne lui donne aucun avantage par rapport aux fusils Charleville de ses adversaires, dont le rayon d'action excède largement la distance qui le sépare de la forteresse. Malheureusement, Jake ne peut pas surveiller les gardes en faction aux guérites, sur le chemin de ronde qui longe le fossé et s'accroche tout le long du rempart comme une corniche, à une hauteur de cinq mètres. Il a vu sur les plans de l'époque qu'une de ces guérites se trouve sous l'axe qui le relie à la tour du Coin. La prochaine se trouve à 44 mètres de là, en direction du bastion. Ces deux postes sont idéalement situés (du point de vue des gardes) pour surveiller la tour du Coin. Il est à espérer que le froid gardera les sentinelles à l'intérieur de leurs abris.

— Nous avons retiré les derniers barreaux, murmure François à l'oreille de Jake. Il ne me reste plus qu'à me vêtir de la fine combinaison noire et à appliquer la suie sur nos visages. Nous serons bientôt prêts pour la partie la plus dangereuse de notre plan d'évasion.

*   *

*

En raison de la quantité limitée de matériel que peut contenir l'intérieur d'un costume de femme obèse, ils ne disposent que de 25 mètres de câble. L'extrémité devra parvenir à mi-chemin entre les deux guérites, au pied du rempart. La corde survolera le fossé sur une largeur de 17 mètres, à partir de leur fenêtre située à 11 mètres au-dessus du sol. La nuit n'est pas entièrement leur complice. Jusqu'à présent, le ciel joue la coquette à décider si oui ou non il va se couvrir. Écartant le bas du tissu recouvrant la fenêtre, François pointe le fusil à air comprimé qui, muni d'une flèche, projettera le câble vers leur point de chute.

— Je suis prêt, signale-t-il, malgré la douleur causée par ses blessures.

— Laisse-moi vérifier une dernière fois que vous avez le champ libre. À mon compte à rebours, vous tirerez en même temps que je déclencherai ma première série de hennissements.

Jake possède aussi, dans son bagage de bruits de fond, des aboiements et des croassements. Il compte les diffuser dans les petits haut-parleurs qu'il a pu dissimuler dans le voisinage hier, pendant la nuit. Tout cela pour masquer le sifflement d'une flèche et son impact dans un sol partiellement gelé. Il démarre les cris de cheval et François appuie sur la gâchette. L'opération semble avoir réussi. Après un instant, Jake ne constate aucune réaction de la part des gardes et François, aucun mouvement suspect depuis les guérites.

Le fusil est combiné à un treuil. Un deuxième câble plus court est attaché à la crosse du fusil et François le passe à travers l'anneau au-dessus de la table. Un mécanisme de serrure qui peut s'ouvrir à distance transforme le petit câble en une boucle. François actionne ensuite le treuil qui, aussitôt, embobine la première corde et la raidit sous tension. Sophie installe un système de poignées qui lui permettront de contrôler sa descente. Elle s'apprête à se laisser glisser le long de cette pente rectiligne, lorsqu'ils entendent de nouveau venir le gardien. Un cognement à la porte ne tarde pas à perturber le silence.

— Monsieur le gouverneur, je suis de retour, annonce le geôlier à travers le battant. Êtes-vous maintenant prêt à sortir ?

Sophie et François s'entreregardent. Vaut-il la peine que Jake réutilise la voix du gouverneur ? Ils n'ont pas le temps de prendre une décision. Le geôlier pousse un cri de surprise :

— Eh, mais que se passe-t-il ? Mes clés se collent à la serrure ! Quel sortilège est-ce là ?

Sans le vouloir, l'homme a soumis au rayon d'action de l'électro-aimant le trousseau de clés pendu à sa taille par un anneau de métal. Il commet l'erreur supplémentaire de se tourner de front vers la serrure et d'ainsi permettre à la boucle de sa ceinture de subir le même sort que les clés. Il aboutit la bedaine sur le battant, qu'il commence à marteler de ses poings en beuglant à l'aide.

En d'autres circonstances, François et Sophie riraient de la mésaventure, mais les vociférations du gardien ne vont pas manquer d'alerter les gardes à l'intérieur de la tour. Au signal de Jake, Sophie se suspend aux poignées et passe très rapidement par-dessus le fossé, au son des jappements d'une chienne en chaleur. Une minute plus tard, François glisse à son tour jusqu'au pied du rempart, en étouffant ses gémissements. Ils se blottissent l'un contre l'autre. Si les sentinelles des guérites se penchent au-dessus du garde-fou de métal, ils sont foutus. De plus, les fugitifs se trouvent maintenant en plein dans le champ de vision des gardes dans les tours. Pourront-ils courir le long des remparts pour s'éloigner des guérites sans se faire remarquer ?

* *

*

— Qu'est ce que c'est que cela ? crie le soldat en faction à la guérite près du grand bastion, l'index levé vers le ciel.

— Qu'est ce que tu dis ? s'inquiète celui de l'autre station, en pointant son nez rougi par le froid hors du cadre de porte.

— Ça, ne le vois-tu pas ? insiste le premier, en levant encore le ton. On dirait une nappe ou un drap. D'où est-ce que cela vient ?

Son compagnon, pour être poli, tente de percer les ténèbres. Il discerne une étoffe prise dans une danse tourbillonnante avec le vent. Il la suit des yeux, un moment. Le bout de tissu termine son vol improvisé à moitié plastronné au garde-fou, à l'est de sa guérite. Sa moitié demeurée libre s'agite comme un drapeau. Le premier observateur a tôt fait d'aller s'emparer du fanion et de l'apporter à son compagnon pour l'exposer à la lumière du flambeau.

— On dirait une peinture représentant une fenêtre avec des barreaux.

Cette suggestion amène les deux gardes à regarder vers la tour du Coin.

*   *
*

– Ciel ! En se réenroulant, la corde a délogé le rideau.

– Pour comble, le vent l'a transporté droit sur les gardes !

– Vite ! Il n'y a pas de temps à perdre.

Les amoureux ne sont pas sortis du bois, ou plutôt de l'enclave de la Bastille. Ils doivent s'éloigner des guérites, grimper les cinq mètres jusqu'au chemin de ronde, puis, de là, continuer à monter afin de terminer l'escalade du rempart. Tout cela en évitant de donner l'éveil ou plutôt avant l'alerte imminente en provenance de la tour du Coin. François et Sophie n'attendent donc pas que les gardes aient terminé leur investigation pour longer le mur vers l'ouest. À mi-chemin entre la guérite et le coin nord-ouest du rempart, François s'arrête pour éjecter le câble muni cette fois d'un crochet, vers le chemin de ronde. Après s'être assuré que la corde s'est bien agrippée au garde-fou, François tire doucement. Il est maintenant prêt à escalader le rempart. Tout en retenant le fusil à deux mains, il pousse l'interrupteur du treuil afin que celui-ci l'assiste dans son ascension, car la corde est trop mince pour être utilisée à mains nues. Il n'a pas sitôt quitté la base du rempart qu'il entend en provenance de la guérite la plus proche :

– Eh, vous !...

*   *
*

Reconnaissant que la menace la plus pressante peut venir des tours du Coin et du Puits, Jake ne

cesse de partager son attention entre ces deux
belvédères. Il se prépare à déplacer sa mire vers
la tour du Coin lorsque se pointe, entre deux créneaux, la figure d'un soldat. Il devine plus qu'il
ne voit l'expression de surprise sur les traits du
militaire, qui avance le torse pour mieux regarder.
Son mouvement d'épaule pour déloger le fusil qu'il
porte en bandoulière décide Jake à appuyer sur la
détente.

*　*
*

— Il manque des barreaux à la fenêtre du
deuxième étage, répète le soldat.

— C'est plutôt sombre. Difficile à dire, tempo-
rise son compagnon.

— Peut-être que quelqu'un peut aller vérifier.

Se servant de sa main comme porte-voix, le
dernier à parler crie en direction du sommet de la
tour du Coin :

— Eh, vous! Vous là-haut! Dites-moi...

Ils s'y mettent à deux pour s'égosiller, avant
qu'une silhouette se dessine entre les créneaux.
Elle n'y reste que deux secondes avant de disparaître à nouveau.

— Mais qu'est-ce qui lui prend, ma parole? Il
est sourd ou quoi?

Après plusieurs autres tentatives pour attirer
l'attention de la sentinelle, l'un décide d'envoyer
l'autre avertir leur supérieur, à l'entrée de la forteresse. Le garde part au pas de course vers l'ouest.

*　*
*

　　　　　　　　　Bastille et dynamite

Pendu le long du rempart, François n'a d'autre choix que de continuer à s'élever. Un soulagement de courte durée remplace son effroi, après qu'il se rend compte que le « Eh vous ! » ne lui était pas adressé. Il atteint la rampe de métal, qu'il enjambe en s'y collant le plus possible. Son pied lui fait mal à hurler, mais il résiste. Après s'être assuré que le crochet est assez profondément ancré, il relâche le mécanisme du treuil pour laisser le câble se désembobiner et ramener le fusil vers Sophie. Horrifié, le dos contre le mur, il regarde maintenant un garde venir droit sur lui, l'œil ailleurs. Il n'a même pas d'arme pour se défendre, car il a insisté pour que Sophie conserve le petit pistolet à soporifique.

* *

*

Jake sait pertinemment que tous les toits des tours sont interconnectés et que les gardes peuvent remarquer que deux des leurs ont abandonné la posture verticale.

— Je me suis débarrassé des gardes au sommet des tours du Coin et du Puits pour le moment, informe-t-il ses acolytes. Rapidement, faites-moi un rapport.

Il ne s'attend à aucune réaction de la part d'Élyse et de Nicolas. En dehors du rayon d'action des écouteurs, ils tiennent par la bride les chevaux destinés à la fuite, qu'ils font marcher lentement le long du périmètre de la Place Royale, à quelques pâtés de maisons de la Bastille.

— Je vois un garde suisse se diriger vers la cour du Puits, avertit Olivier, posté au coin de la rue des

Tournelles et de la rue Saint-Antoine. Il vient de quitter la tour de la Bertaudière.

De là, il a une vue ininterrompue de la face ouest de la forteresse ainsi que de la porte qui donne sur l'allée menant à l'entrée de la Bastille.

– Pouvez-vous nous en débarrasser ?

– Peut-être que oui. S'il continue à marcher lentement et près de la balustrade, je peux l'atteindre après le prochain créneau.

Olivier sort de son sac le fusil à soporifique que lui a laissé Claude et attend que sa cible vienne en vue.

* *

*

François se prépare à bondir sur le garde dépêché vers son supérieur, en priant pour qu'il s'approche suffisamment avant de le repérer, lui. Malheureusement, plus de quinze mètres les séparent encore lorsque les yeux de la sentinelle s'écarquillent de surprise. François s'élance. L'homme s'arrête brusquement et empoigne son fusil pour le baisser à l'horizontal. Il ramène le chien à l'arrière pour libérer le cran de sûreté, un doigt sur la détente. Soudain, il se cabre et s'effondre au sol, non sans crisper involontairement l'index. Le coup de feu brise le silence de la nuit.

* *

*

Le point rouge du laser danse sur l'uniforme du garde suisse. Olivier s'apprête à tirer, lorsqu'il sursaute au son d'une détonation. Le patrouilleur

     Bastille et dynamite

s'empresse vers la source du bruit et s'éloigne du parapet.

— Morbleu, je n'ai pas pu l'arrêter et je ne le vois plus. La sentinelle s'en vient de votre côté, sans doute. Que s'est-il passé ?

Personne ne lui répond car, au même instant, une lourde cloche se fait entendre à l'intérieur de la Bastille. L'alarme vient d'être sonnée.

*　*

*

Sophie soupire de soulagement elle aussi en comprenant que le soldat sur le chemin de ronde interpelle son camarade au sommet de la tour. On ne les a donc pas encore découverts. Elle tend la main vers le treuil, quand François chuchote dans son microphone que les gardes ont décidé de se séparer et que l'un d'eux se dirige vers lui. Dans un moment de cruelle indécision, elle ne sait si elle doit grimper ou tenter de neutraliser le danger à partir du fossé. Elle finit par s'éloigner du rempart pour vérifier l'avance du garde, au-dessus d'elle. En le voyant en train de soulever son mousquet, elle n'hésite pas à faire usage de son pistolet à soporifique. La réaction de l'homme lui donne à penser qu'elle a réussi, mais le coup de feu coupe court à toute réjouissance. Elle ne peut s'empêcher de crier le nom de François. Son cri se mêle au son d'une cloche qui retentit avec insistance dans la nuit. Elle range le pistolet dans l'encolure de sa combinaison, se précipite vers le mur, agrippe le fusil-treuil et en pousse le commutateur. Elle s'élève à une vitesse de tortue. À mi-chemin, elle entend de nouveau une décharge et sent redoubler sa peur pour son mari. Comme elle le redoutait, François n'est pas en haut pour l'aider à enjamber le garde-fou. À sa place, elle voit un garde brandir un mousquet.

* *
*

Le gardien resté devant sa guérite cherche la source de la détonation. Ce qu'il voit lui glace le sang. Son compagnon gît sur le sol, inanimé, probablement mort, résultat du coup de feu qu'il vient d'entendre. La silhouette d'un homme en arrière-plan se profile sur le chemin de ronde. S'agit-il du meurtrier ? Le militaire épaule son fusil et le décharge en direction de l'ombre.

* *
*

François a tout juste le temps de se jeter par terre pour éviter la deuxième balle. La première a ricoché sur le pavé, à dix mètres derrière lui. Il se réjouit que ce genre de fusil manque de précision, mais il sait qu'un soldat expérimenté peut recharger une telle arme deux à trois fois par minute. Peut-il neutraliser la sentinelle avant qu'elle se soit réarmée ?

Ayant senti sur sa joue des éclats de silex, le soldat décide plutôt de sortir son épée du fourreau et de foncer sur François. Celui-ci ne peut plus compter sur Sophie pour le débarrasser de ce nouvel adversaire, car il présume qu'elle est occupée à grimper. Prenant appui sur son pied valide, il s'élance vers le soldat endormi et s'empare de son épée. Encore à moitié agenouillé, il a tout juste le

   Bastille et dynamite

temps de parer en prime l'attaque de la sentinelle. Par froissement, il amène sa lame jusqu'à la garde de l'épée de son attaquant, puis le pousse de toutes ses forces tout en se soulevant. Il réussit à faire reculer l'homme et en profite pour effectuer lui-même une retraite.

— Je n'ai pas le temps maintenant, dit-il à Jake qui exige un rapport et une explication des deux coups de feu.

La remarque dessine un masque de furie sur les traits de son adversaire.

— Salaud ! Je vais vous apprendre à vous moquer de moi. Vous méritez la mort pour avoir tué Treignard.

L'épéiste se précipite de nouveau sur lui pour un coup direct en sixte, que François pare en quarte. Par réflexe, le comte exécute une feinte, mais au tout dernier instant, retire son bras au lieu de pourfendre son assaillant. Sa plante de pied brûlée se rappelle à ses souvenirs. Il recule de nouveau pour esquiver la contre-attaque.

— Arrêtez ! Je ne veux pas avoir à vous tuer, plaide le comte.

La supplication est prise pour une insulte et le garde redouble d'effort.

— Je vais vous charcuter en morceaux, rugit l'homme.

— Il va falloir vous débarrasser tout seul de la sentinelle, l'avertit Jake pendant que François déjoue une feinte du garde.

— Plus facile à dire qu'à faire, lui répond François.

La fureur du garde se décuple à cette nouvelle injure.

– Ah non ! Il y en a de plus en plus. Je dois de nouveau m'occuper des tours, lui souffle Jake.

* *
*

Du coin de l'œil, Sophie aperçoit François en train de se battre, ce qui la réjouit (il est vivant !) et la terrorise (le combat semble féroce !). Son attention est toutefois retenue par le garde deux pas devant elle, qui vise le dos de son mari avec son mousquet. D'où vient-il celui-là ? D'une patrouille le long du chemin de ronde ? Elle se précipite sur le fusil pour en dévier le canon. La surprise du garde est telle qu'il lâche prise. Sophie en profite pour s'emparer de l'arme et la lancer par-dessus le garde-fou. Une seconde plus tard, elle entend le mousquet se décharger lorsqu'il heurte le sol.

Furieux, le garde se rue sur elle. Juste au moment où il va l'empoigner, elle attrape la manche droite de l'individu près du coude et de sa propre main droite, agrippe l'encolure de son uniforme. Elle tire pour s'assurer que le garde continue sur sa lancée et met son poids sur son pied droit. Elle bouge rapidement son pied gauche derrière le droit, puis s'en sert pour pivoter d'un demi-tour. Elle déplace ensuite sa jambe droite pour barrer la route à son adversaire, complétant ainsi un mouvement connu en judo sous le nom de *tai otoshi*. Elle en oublie presque de le lâcher, tant elle a l'habitude d'aider l'autre judoka à chuter. L'homme fait une culbute des plus disgracieuses et sûrement douloureuse. Il semble pour un instant avoir perdu le souffle.

   Bastille et dynamite

Sophie ne peut s'attendre à répéter la manœuvre, pas avec un homme presque deux fois
plus lourd qu'elle et capable de se souvenir à tout
moment de l'épée qui pend à sa hanche.

*　*
*

À chacune de ses parades, François tente de mettre
plus de force que nécessaire pour simplement éviter la lame. Il espère désarmer son adversaire. Il
ne réussit qu'à raffermir l'emprise de l'autre sur
sa poignée. Soudain, il entrevoit sa chance. Pour
augmenter légèrement sa portée, l'ennemi aligne
son épée avec son bras en tierce. Le geste amène
le pommeau directement sous son poignet. D'un
mouvement vigoureux vers le bas, François frappe
la lame de son assaillant. L'épée s'échappe des
doigts du garde et François s'empresse de mettre
son pied sur la lame dès qu'elle touche le sol. En
même temps, il appuie la pointe de sa propre épée
sur le cœur de son adversaire et pivote pour le
forcer à s'adosser au garde-fou. Triomphalement,
François s'écrie :

– À genoux tout de suite ou je vous pourfends !

Le garde s'empresse de lui obéir. Dès que ce
dernier a les yeux baissés, François l'assomme
avec son pommeau.

*　*
*

Sophie pense à récupérer le petit pistolet qu'elle
a camouflé dans son encolure. Il était temps. Son
adversaire s'est remis sur ses pieds. Le somnifère
s'infiltre dans ses veines et l'oblige rapidement à

se recoucher. Dès qu'il s'abat sur le pavé, Sophie regarde du côté de François pour constater qu'il a fait subir le même sort à son opposant. Les deux époux échangent un sourire radieux.

— Oh là ! Il y a bien une dizaine de soldats qui viennent tout juste de sortir de l'entrée de la Bastille au niveau de la rue, les prévient Olivier avec alarme. Ils s'en viennent de mon côté.

— Mettez-vous à couvert, s'écrie Jake. C'est le temps de déclencher les feux d'artifice. Je dois quitter mon perchoir, ils m'ont finalement repéré.

En effet, une balle a ricoché sur une tuile à quelques mètres de lui. Il se laisse glisser le long du versant du toit sur lequel il s'était étendu, disparaissant ainsi de la ligne de visée des soldats dans les tours. Après avoir sorti une tablette de sa poche, il touche quelques icônes sur l'écran. Les bruits d'explosion qui s'ensuivent le réjouissent. Tout son travail de la matinée porte des fruits. Il a inséré des charges sous le pavé, disposé des bombes fumigènes le long de l'allée vers la Bastille et truffé de C-4 la porte Saint-Antoine. Sophie et François ont eux aussi abandonné quelques bombes fumigènes dans le fossé, pendant leur courte marche le long de la base du rempart. Jake atteint la cheminée autour de laquelle, au préalable, il a enroulé une corde pour lui permettre de revenir au niveau de la rue rapidement.

*　*
*

Sophie et François se recroquevillent près du rempart. Ils tentent le plus possible de se couvrir les oreilles de leurs mains. Une minute après les explosions, ils laissent le mur de fumée devant eux s'épaissir et les protéger des soldats aux sommets des tours. Cet assaut leur cause un bourdonnement dans les oreilles. Les soldats dans la rue lancent des instructions contradictoires. La confusion règne. François récupère le fusil-treuil et pointe bientôt sa mire au-dessus du mur. Le crochet fait de nouveau office d'ancre et leur permet de se hisser en haut. De là, ils choisissent le toit de boutique le plus accessible pour descendre du rempart et se mettre à l'abri des mousquets. Puis, attachant le petit câble autour d'une cheminée, ils se préparent à la descente finale jusqu'à la rue. La voie pavée est déserte, car les habitants restent barricadés chez eux.

Olivier arrive à point pour aider Sophie à ralentir sa descente. Ils laissent ensuite le treuil se rembobiner afin de le renvoyer à François, qui s'empresse d'imiter son épouse. Il s'affaisse presque dans les bras d'Olivier, tandis que Jake arrive en courant de la rue de Jean Beausire. S'étant trop avancé dans la rue Saint-Antoine pour avoir une vue d'ensemble des toits des boutiques appuyées au rempart, il recule de trois mètres. Croyant discerner des silhouettes dans les volutes de fumée, il repart vers la gauche pour ensuite interrompre sa course en réponse aux appels de ses compagnons derrière lui. Il rebrousse chemin pour les rejoindre.

– Vous êtes plus efficaces que je ne le croyais, ou moi, plus lent que je ne le pensais, plaisante-t-il. J'imaginais que vous étiez encore sur les toits.

Il n'a pas fait plus de six mètres le long de la rue Saint-Antoine, quand trois soldats émergent de la fumée, assez braves pour avoir traversé les encombres laissés par les explosions. Olivier et

Jake ont tôt fait de les cibler et de les endormir, mais la clameur derrière les téméraires indique que leur hardiesse sera bientôt imitée.

Au lieu d'emprunter la rue des Tournelles et de se diriger vers la place Royale, où les attendent Nicolas et Élyse avec les chevaux, Jake retourne sur ses pas et presse ses compagnons vers le grand Boulevard. Ils viennent tout juste de s'engager dans cette voie quand le firmament se couvre totalement.

CHAPITRE 17

L'escapade finale

— Ah non, pas encore ! s'indigne Olivier.

— Que se passe-t-il ? s'étonne Sophie. Pourquoi fait-il si noir tout à coup ? Je ne vois presque rien.

— La lune et les étoiles ont de nouveau disparu, constate François. Encore des problèmes avec la couche périphérique !

— Ce n'était pas supposé arriver, se plaint Jake.

— Bienvenue dans mon monde, ajoute François, sarcastique.

— Non, vous ne comprenez pas. J'avais convenu avec Mike que si nous étions en très mauvaise posture, je lui enverrais un signal pour qu'il coupe l'alimentation à la couche périphérique. Cela ne devait être qu'une solution de dernier recours.

— Et vous ne lui avez pas donné ce signal ?

— Non, je devais dessiner une croix de trois mètres en marchant et.... Diable ! Je l'ai fait sans m'en rendre compte ! Quelle stupidité d'avoir choisi un signal aussi facile à reproduire !

— Tant pis. Alors, que faisons-nous maintenant ?

— Prenez ces lunettes de vision de nuit, ordonne Jake en sortant les objets de son sac à dos.

Il les tend à Sophie et François. Olivier et lui-même en sont déjà équipés.

— Maintenant courons le plus vite possible vers l'espace interne. Nous avons 15 minutes avant que Mike ne rallume la couche périphérique. Dieu seul sait à quelle heure de la journée ou à quelle date de l'année nous serons à ce moment-là. Inutile de rejoindre Élyse, Nicolas et les chevaux. Ils nous ralentiraient.

Les quatre compagnons se précipitent dans les rues qui se remplissent d'habitants réveillés par les conflagrations et les cloches. Contrairement à leur fuite précédente dans le petit parc de Versailles, l'obscurité n'est pas totale. Nicolas de la Reynie, lieutenant de police sous Louis XIV, s'est assuré que l'impôt dit des boues et lanternes contribuerait à l'entretien et maintiendrait l'éclairage de nuit. Les fugitifs tentent le plus possible d'éviter les oasis de lumière. Jake remarque rapidement que François boite, sans toutefois les retarder, possiblement à cause des brûlures sur la plante de son pied droit. Les deux époux se tiennent par la main.

Après cinq minutes, l'absence apparente de poursuivants leur donne à penser que la direction de leur fuite n'a pas été observée. Les soldats devront donc diviser leurs effectifs à chaque intersection. Les coureurs ne ralentissent pas pour autant. Il ne reste bientôt qu'un pâté de maisons avant l'allée de l'Aveugle vers laquelle ils se pressent. Ils sont en nage et à bout de souffle.

En un éclair, l'absence de flux d'énergie céleste est remplacée par une nappe bleue azurée affichant, dans son centre, un soleil à son zénith au solstice d'été, qui raccourcit les ombres à près de la moitié de la hauteur originale des objets. Éblouis, les fugitifs s'arrêtent pile, pour laisser à leurs pupilles le temps de se réajuster au niveau plus élevé de lumens. Ils soulèvent les lunettes de vision de nuit de leur nez.

— Peuchère ! Quel coup de malchance, se plaint Olivier plutôt que d'épargner son souffle. Il fallait que cela tombe en plein jour ! Nous sommes maintenant très visibles.

Ils sursautent en découvrant un homme qui les dévisage à partir d'un portail. Olivier reconnaît l'un des espions qu'il a endormi la veille. Par malheur, la reconnaissance est réciproque. Olivier lève son arme pour le retransformer en ivrogne, mais l'espion, fort de son expérience, prend refuge derrière un mur et échappe au soporifique. Sa retraite n'est pas silencieuse, car il vocifère à pleins poumons :

— Je suis attaqué ! Il est revenu. Je vous avais bien dit qu'il reviendrait ! Vite, arrêtez-le !

Plusieurs soldats du guet répondent à son appel, à partir de rues adjacentes ou de cachettes le long de la rue. Un juron de Jake est couvert par un ordre donné devant eux, au-delà de l'allée de l'Aveugle :

— L'homme en noir, je le reconnais. C'est le comte de Besanceau. Il a dû s'échapper de la Bastille. Capturez-le. Allez !

Un coup d'œil au criard qui harangue deux miliciens permet à Olivier d'identifier le deuxième mouchard, attaché la veille aux pas de Nicolas. Le marquis en déduit que les deux zigotos, après s'être réveillés ce matin, ont fait un compte rendu de leurs aventures et reçu des instructions de leur supérieur. De toute évidence, on leur a ordonné de faire le guet, cette nuit, proche de l'endroit où ils ont perdu la trace de leurs assaillants. À en juger par le fourmillement de gendarmes le long de la rue, les deux lascars n'étaient pas seuls.

– Vite, il n'y a plus de temps à perdre, hurle Jake.

Sophie et François n'ont pas attendu ce rappel à l'ordre pour se remettre à courir, tant bien que mal. Coincés entre deux pelotons de soldats qui arrivent de tous côtés, les fugitifs s'élancent vers l'allée de l'Aveugle, leur seule échappatoire. Le couple y arrive en premier et se réjouit de ne pas tomber face à face avec d'autres miliciens. Surtout, il respire de voir se dessiner le contour lumineux de l'espace interne. Ignorant les « arrêtez-ou-je-tire », Sophie et François atteignent le centre du tourbillon en une trentaine d'enjambées et, enlacés, tournent leurs regards vers l'intersection pour vérifier le progrès de leurs compagnons.

Jake ne tarde pas à apparaître. Après le coin de rue, il se contorsionne pour tirer sur deux miliciens, sans pour autant ralentir sa course. Olivier se pointe au moment où les deux hommes s'écroulent sur le pavé. En voyant tomber leurs collègues, les miliciens n'hésitent plus à tirer, d'autant plus qu'Olivier est maintenant la seule cible en vue. Le bruit pratiquement simultané de trois coups de feu lui fait rentrer la tête dans les épaules. L'étroite rue se remplit de fumée en raison de la combustion de la poudre. Olivier tressaille lorsqu'une balle lui perfore le flanc et se loge dans ses entrailles. Il trébuche, tombe sur un genou et porte la main à son ventre, afin d'endiguer la douleur et d'en identifier la source. Sa paume se couvre d'un liquide chaud

   Bastille et dynamite

qui lui file entre les doigts. Levant de sa main rougie des yeux où se lit l'étonnement, il a tout juste le temps de voir son meilleur ami le dévisager avec une expression d'horreur, avant de se laisser entraîner vers le tunnel noir de l'inconscience. Il n'entend pas le cri de désespoir de François.

La première réaction du comte est de se désengager de Sophie pour s'élancer vers son camarade abattu. Celle de Sophie est de resserrer son étreinte. Au hurlement et à l'expression de François, Jake suspend sa course vers l'espace interne pour regarder derrière lui. En une seconde, il analyse la situation, sachant que le transfert ne sera mis en branle que lorsque la sonde qu'il porte sur lui rejoindra celle de Sophie. Stanford adopte le ton de commandement qui fait trembler ses subalternes dans leurs bottes pour s'adresser à François :

— Vous restez là où vous êtes. C'est un ordre. Ne vous avisez pas de sortir de l'espace interne.

La férocité de l'injonction atteint son but. François en reste interdit et cesse de tenter d'échapper à l'emprise de Sophie. Cependant, plus que les mots, c'est le fait que Jake rebrousse chemin et s'empresse vers Olivier qui garde le comte immobile.

Le lieutenant compte sur le temps de rechargement des armes pour le protéger d'une nouvelle fusillade. Il atteint le marquis au moment où le ciel perd sa luminosité bleutée pour se colorer d'un ruban d'éclairs furieux qui s'étend, telle une goutte d'huile, sur la couche hémisphérique du firmament. Il ne perd pas son temps, comme le font les miliciens, à examiner ce nouveau tableau avec terreur. La peur lui noue toutefois le ventre, car l'orage insolite qui dévore le ciel n'a rien de normal. Malgré la beauté des aurores boréales déclenchées aux confins de la couche atmosphérique, il a plus que jamais le goût d'échapper rapidement à ce monde irréel.

Beaucoup plus lentement qu'il ne le souhaite, il parvient à tirer Olivier vers l'espace interne. À mi-chemin, il s'étonne de sentir son fardeau s'alléger. Défiant son ordre, François est venu le rejoindre. Il s'est emparé du bras droit de son ami et l'a enroulé autour de ses épaules.

— Vous n'êtes pas très bon pour suivre les ordres, n'est-ce pas ? persifle Jake entre ses dents.

François ne se donne pas la peine de répondre. Combinant leurs efforts, ils atteignent l'espace interne et incluent Sophie dans le cercle de leurs bras. Ils tentent de former la masse la plus compacte possible au centre de la demi-sphère de lumière.

— Qu'est-ce que Mike attend, nom de Dieu ?

En râlant, Jake tente de dégager son épaule et de transférer complètement la charge d'Olivier à François, pour atteindre son fusil en bandoulière et tirer sur deux miliciens prêts à intervenir. Croyant que le transfert se ferait dès son entrée dans l'espace interne, il a tardé à s'en occuper. Il doute maintenant de pouvoir tirer avant eux. Dans l'attente, les amis en oublient de rejeter le dioxyde de carbone de leurs poumons. Une seconde plus tard, comme ils se remettent à respirer, un éclair les aveugle. L'échange vient d'être déclenché ! Dès que la luminosité s'atténue et permet de distinguer la salle de transfert, des soupirs de soulagement s'échappent des poitrines. Toutefois, de part et d'autre de la large fenêtre panoramique entre la salle de transfert et la salle de contrôle, les cris de joie s'étranglent dans les gorges. En effet, deux formes humaines se détachent des autres pour s'affaisser lentement vers le sol. Les gouttes rouges sur le plancher ne laissent aucun doute sur l'identité du liquide qui se répand. À genoux auprès d'Olivier, Jake mugit à l'adresse de Mike :

— Nous avons un homme gravement blessé. Envoyez une civière sur-le-champ.

Il revient à l'homme inconscient que François a doucement étendu par terre. Il se débarrasse de son sac à dos puis de son haut de combinaison, avec laquelle il éponge la blessure en une tentative presque futile d'obstruer le flot de sang. Sophie s'agenouille aussi et joint ses efforts à ceux du lieutenant.

La pression de leurs mains sur sa chair déchirée arrache Olivier au confort de l'inconscience. Ses yeux aux paupières hésitantes se fixent bientôt sur la lumière irréelle provenant du plafond, qu'il associe d'abord à une manifestation du paradis. La douleur dans son ventre se rappelant à ses souvenirs, ses pensées dévient vers le purgatoire pour aboutir à l'enfer. Le point focal de son champ de vision dérive vers le reste de son corps et intercepte le visage crispé de François, qui lui soutient la nuque d'une main et enserre ses doigts de l'autre.

— Ne t'inquiète pas, ils vont s'occuper de toi. Ils accomplissent des miracles, ici.

— Où...

— Tu es au 21e siècle. Nous ne pouvions pas te laisser dans le passé, c'était trop dangereux. Je n'aurais jamais dû te demander de nous aider dans cette folle aventure. Je ne me le pardonnerai jamais.

– Ne te… blâme… pas, quoi qu'il… arrive… Je suis fier… que tu m'aies… fait confiance… Je… ne regrette… rien.

– Ne parle pas. Garde tes forces.

La porte du sas glisse sur ses rails et dévoile trois infirmiers autour d'une civière. Ils ne tardent pas à soulever leur patient avec mille précautions. Olivier ne parvient pas à retenir des gémissements de douleur. Toujours assis sur le plancher, François demeure sans mouvement, incapable de sommer le moindre muscle d'agir. Il ne bouge pas davantage lorsqu'un autre infirmier entre dans la salle de transfert en poussant une chaise roulante. Sophie lui caresse doucement l'avant-bras, en espérant un réflexe qui ne vient pas. L'infirmier offre de le transporter d'abord jusqu'à la chaise, puis de le pousser jusqu'à l'infirmerie. Enfin tiré de son état d'hypnose, François s'offusque :

– Je suis capable de marcher !

S'appuyant sur Sophie, il se remet sur ses pieds et la prend dans ses bras sans dire un mot. Par-dessus l'épaule de son épouse, il jette un coup d'œil vers la salle de contrôle. Il s'attend à un salut souriant de Mike, de l'autre côté de la vitre, mais il n'entrevoit que des chercheurs absorbés par les consoles devant eux.

– On m'a demandé de vous conduire à l'infirmerie, dit l'homme en uniforme bleu clair. Le directeur viendra vous y rejoindre dès qu'il pourra. Il est aux prises avec une situation qui demande toute son attention. Il m'a chargé de vous féliciter de votre retour au 21ᵉ siècle.

Épilogue

Contraint de garder le lit ou, pour le moins, de ne pas marcher sur son pied droit fraîchement pansé, François ne peut se laisser emporter par l'euphorie du retour. Il joue à entrelacer et à dénouer les doigts de son épouse, assise sur le bord de son lit, pour distraire son attente. Même la conversation vidéo mettant son fils en vedette n'a pas réussi à le soustraire à ses inquiétudes. Il lance constamment des regards vers la porte, tout en répondant par monosyllabes aux essais de conversation de Jake, qui occupe un fauteuil de l'autre côté du lit. Enfin, la porte s'ouvre sur Mike et Shannon, armés tous les deux de sourires démentis par leurs yeux fuyants. De caressants, les doigts de François deviennent crispés sur ceux de Sophie.

— Et puis ? parvient-il à extraire de sa gorge.

Shannon en prend son parti et respire profondément :

— Je suis désolée, François.

Les larmes, qu'il a cru refouler en fermant les yeux, s'échappent tout de même en rigoles le long de ses joues.

— Il était pratiquement mort avant d'atteindre la table d'opération, élabore Shannon. Une réanimation l'a maintenu en vie pour deux autres heures, le temps de l'opérer. Le deuxième arrêt cardiaque a été fatal.

Il étouffe un sanglot dans l'épaule de Sophie, qu'il a attirée vers lui et qu'il étreint avec désespoir, au détriment de ses chairs mutilées. Sophie ne discerne la chambre qu'à travers une pellicule humide. Les coudes sur ses genoux, Jake regarde fixement le plancher.

Après un long moment, que personne dans la pièce ne quantifierait en unités de mesure aussi inadéquates que des minutes, François prend sur lui, relève la tête et annonce, d'un ton qui n'admettra pas de réplique :

— Je veux le revoir.

— Oui, bien sûr, concède Mike. Je comprends. Son corps a été temporairement placé dans la pièce 102. Si cela peut vous aider à accepter cette horrible perte, sachez que votre ami ne sera pas mort en vain. Claude semble satisfait des résultats préliminaires. Il est confiant de développer un vaccin à partir du matériel immunitaire de la tourte.

Loin de le réconforter, cette remarque produit un mouvement d'impatience chez François. Il lève les yeux au ciel devant l'absurdité, pour Olivier, d'avoir perdu la vie pour sauver celles d'inconnus, qui ne vivront que plus de 200 ans après lui.

— Ne me demande plus jamais de retourner dans le passé. Ma place est auprès de mon épouse et de mon fils, que je n'aurais jamais dû quitter.

— Même si je voulais t'y renvoyer, je ne le pourrais pas. Le monde d'où tu viens n'existe plus.

Fronçant les sourcils, François interroge le chercheur du regard.

— La simulation est devenue instable. Le niveau d'énergie dans l'espace interne a augmenté jusqu'à atteindre un des seuils présélectionnés, menant l'ordinateur à interrompre automatiquement la simulation. Cette mesure de sécurité date du temps où les simulations instables étaient monnaie courante.

— Qu'est-il arrivé à Élyse et à Nicolas, alors ? demande Sophie avec effroi.

— Ils ont cessé d'exister. L'essence de leur vie emmagasinée dans la mémoire de l'ordinateur a été effacée. Même si on réinitialisait une autre simulation centrée sur l'année 1770, à Paris, et même si tu y retrouvais une Élyse et un Nicolas de Charenton, ils ne t'auraient jamais rencontrée. Cette simulation inclurait de nouvelles reproductions de François et d'Olivier. Ni l'un ni l'autre ne serait la personne que tu connais maintenant.

— Élyse et Nicolas sont donc morts eux aussi, conclut Sophie d'une voix défaillante.

— En quelque sorte, admet Mike.

Il n'en dit pas plus, soucieux de donner l'impression que leurs amis sont disparus rapidement et sans douleur, comme si un disjoncteur était entré en action. Il n'avoue pas que cinq longues minutes se sont écoulées, entre le moment où la simulation a commencé à mal fonctionner et celui où un seuil d'énergie incompatible avec la réalité a été franchi, déclenchant l'arrêt automatique. Il présume que, dans l'intervalle, la transition fautive entre la couche périphérique et le reste de la simulation est devenue progressivement une source de radiation équivalente à plusieurs réacteurs nucléaires. Cette énergie a probablement atteint la surface de la Terre, en carbonisant toute matière vivante. Est-il responsable de milliers d'Hiroshima ? Cette vision d'apocalypse va sûrement hanter ses cauchemars jusqu'à la fin de ses jours. L'empêchera-t-elle de réinitialiser une autre simulation ?

Probablement pas.

À propos de l'auteure

Née à Montréal, Louise Royer habite à Mississauga, en banlieue de Toronto, depuis près de vingt-cinq ans. Elle enseigne les sciences et les mathématiques dans une école secondaire privée.

Ses études et sa carrière l'ont amenée d'un bout à l'autre du pays. Elle a d'abord étudié la physique à l'Université de Montréal où elle a obtenu un baccalauréat. Puis elle a fait son doctorat à Vancouver, au département d'océanographie de l'Université de la Colombie-Britannique. Enfin, elle a poursuivi des recherches postdoctorales au département d'océanographie de l'Université Dalhousie, à Halifax, et au Centre canadien des eaux intérieures à Burlington, en Ontario.

Elle a d'ailleurs publié de nombreux articles scientifiques avant de se consacrer à l'écriture de sa série sur les aventures de Sophie et de François, comte de Besanceau, dont les deux premiers épisodes, *iPod et minijupe au 18ᵉ siècle* et *Culotte et redingote au 21ᵉ siècle*, ont connu un vif succès. Dans *Bastille et Dynamite*, elle continue de laisser libre cours à son insatiable imagination en ramenant François et Sophie au 18ᵉ siècle, le temps de trouver un remède à une maladie qui se propage dangereusement... au 21ᵉ siècle.

Pianiste, ceinture noire de judo, Louise Royer passe ses temps libres à chanter dans une chorale semi-professionnelle et à pratiquer ses sports favoris : patinage, camping, canotage et randonnée pédestre. Mais, sa véritable passion demeure sans contredit la lecture, et ce, depuis sa tendre enfance. Pas étonnant qu'elle prenne aujourd'hui autant de plaisir à mettre sur papier les fruits de son imagination et... de sa science.

Table des matières

iPod et minijupe
au 18e siècle

Roman de
Louise Royer

Un soir, Sophie revient de ses cours à l'Université, quand elle est soudainement éblouie par une lumière intense. Prise de vertige, et sans trop savoir pourquoi ni comment, elle se retrouve en plein cœur de Paris... en l'an 1767! Ne pouvant retourner chez elle, elle est recueillie par Nicolas et Élyse, qui l'aideront à s'intégrer à la vie du 18e siècle, dans un milieu dont elle ignore tout des convenances et des règles.

Au cours d'un bal, François, un arrogant et séduisant aristocrate, éprouve une curiosité et une fascination pour cette jeune fille au comportement et aux manières si peu convenus. Si Sophie s'amuse, au début, des efforts du beau comte pour percer son secret, de tragiques incidents lui font craindre les répercussions qu'entraînerait la révélation de sa véritable identité...

Dans cette aventure pleine de rebondissements, revisitant avec humour l'époque des romans de cape et d'épée, Louise Royer allie ses deux passions, l'histoire et la science, pour le plus grand plaisir des lectrices et des lecteurs.

ISBN 978-2-89597-168-9 — 240 p. — 14,95 $

Culotte et redingote au 21e siècle

Roman de
Louise Royer

Après leur rencontre improbable à Paris en 1767, à l'aube de la Révolution française, Sophie et François, comte de Besanceau, sont téléportés au 21e siècle dans un laboratoire en Californie. Retenus prisonniers par des scientifiques soucieux d'étudier ces deux étranges phénomènes, ils parviennent à se libérer. S'engage alors une course-poursuite qui les ramènera à Paris, chez les descendants de François, afin d'échapper aux agents de la CIA qui les talonnent…

Si Sophie retrouve avec plaisir les avantages de la vie moderne, ce voyage dans le futur causera tout un choc à François : ascenseur, automobile, avion, ordinateur, téléphone cellulaire… autant d'inventions vertigineuses pour cet aristocrate parisien né au Siècle des lumières !

Poursuivant l'aventure de *iPod et minijupe au 18e siècle*, Louise Royer révèle ici les dessous d'une opération scientifique secrète, dont sont accidentellement victimes deux jeunes amoureux que deux cents ans séparent.

ISBN 978-2-89597-209-9 — 250 p. — 14,95 $

BÉLANGER, Pierre-Luc. *24 heures de liberté*, 2013.

FORAND, Claude. *Ainsi parle le Saigneur* (polar), 2007.

FORAND, Claude. *On fait quoi avec le cadavre ?* (nouvelles), 2009.

FORAND, Claude. *Un moine trop bavard* (polar), 2011.

FORAND, Claude. *Le député décapité* (polar), 2014.

LAFRAMBOISE, Michèle. *Le projet Ithuriel*, 2012.

LAROCQUE, Jean-Claude et Denis SAUVÉ. *Étienne Brûlé. Le fils de Champlain* (Tome 1), 2010.

LAROCQUE, Jean-Claude et Denis SAUVÉ. *Étienne Brûlé. Le fils des Hurons* (Tome 2), 2010.

LAROCQUE, Jean-Claude et Denis SAUVÉ. *Étienne Brûlé. Le fils sacrifié* (Tome 3), 2011.

LAROCQUE, Jean-Claude et Denis SAUVÉ. *John et le Règlement 17*, 2014.

MALLET-PARENT, Jocelyne. *Le silence de la Restigouche*, 2014.

MARCHILDON, Daniel. *La première guerre de Toronto*, 2010.

OLSEN, K.E. *Élise et Beethoven*, 2014.

PÉRIÈS, Didier. *Mystères à Natagamau. Opération Clandestino*, 2013.

RENAUD, Jean-Baptiste. *Les orphelins. Rémi et Luc-John* (Tome 1), 2014.

RENAUD, Jean-Baptiste. *Les orphelins. Rémi à la guerre* (Tome 2), 2015.

ROYER, Louise. *iPod et minijupe au 18ᵉ siècle*, 2011.

ROYER, Louise. *Culotte et redingote au 21ᵉ siècle*, 2012.

ROYER, Louise. *Bastille et dynamite*, 2015.

Photographie de l'auteur : Magenta Studio Photo - Square-One
Couverture et mise en pages : Anne-Marie Berthiaume
Révision : Frèdelin Leroux